دم قبلكم

القضية الثانية

تمهيــــد

هذه الرواية هي رواية خيالية، ولكن الأسس التي قامت عليها قادمة من عدة مصادر تاريخية قديمة ومراجع لكبار المؤرخين مثال كتاب البداية والنهاية للعلامة ابن كثير ايضا كتاب تاريخ الامم والملوك للطبري وكتاب الحيوان للجاحظ وأخيرا عرائس المجالس للثعالبي وآخرون بالإضافة إلى بعض مقالات منشورة على الويب.

قد يصدمك ما بها من حقائق قد تتقبله أو ترفضه ولكن تذكر دائما أنها قصة خيالية القصد الوحيد منها هو تزكية الوقت والتسلية وليست مرجعاً علمياً وإن كان أساسها يعتمد على ما ذكر من كتب الأقدمين من المؤرخين فهو محض ما سمعوا وعرفوا من تاريخ الشعوب وما وصل إليهم من شائعات وقصص وأساطير لم يثبتها العلم يوما ولم تذكر في القرآن أو السنة النبوية الشريفة.

لذا أتمنى أن تستمتعوا بالقراءة بدون تحيزات مسبقة وبعقول منفتحة.

وفي النهاية أتمنى للجميع قراءة ممتعة شيقة تمتلئ بالإثارة والمتعة.

ودمتم بخير،،،

المؤلف
وائل سامي

(١)

تصاعدت الأتربة في أحد الطرق النائية جنوبي العراق في ذيل بعض سيارات الدفع الرباعي التي شقت الطريق بسرعة متوسطة تحمل عدد من جنود التحالف الدولي ضد العراق على خلفية الادعاءات الامريكية بوجود أسلحة دمار شامل بالعراق، وكان الأمر قد استتب أو كاد بالقوات المستعمرة بعد سقوط بغداد بلا مقاومة تذكر – وشاهد العالم على التلفاز الحشود التي أسقطت تمثال الرئيس الراحل صدام حسين – إلا من بعض البؤر الصغيرة التي لازالت لم تستسلم بعد وانتشرت الدوريات في كل مكان تطارد تلك المجموعات المتمردة الصغيرة التي تأبى الاستسلام في هدوء.

خُذ مثلاً تلك المجموعة من الأبطال الملثمين حديثي العهد بحمل السلاح والتي رقدت على الارض الترابية في تلك المنطقة الجبلية في جو شديد الحرارة وقد ضاقت عيونهم بسبب الأتربة والرمال التي أثارتها الرياح في وجوههم يتطلعون في صمت وتحفز إلى سيارات الدورية القادمة من بعيد مثيرة عاصفة من الرمال تصاعدت في الجو مُحيلة الرؤية إلى فعل اعجازي.

كان هدف المجموعة بسيط وسهل نظراً لحداثة عهدهم فلم يُطلب منهم أكثر من تدمير سيارات الدورية بالقنابل وقتل جميع الجنود ثم العودة بسلام.

هكذا فقط مُهمة سهلة ومُحددة كما يرى القارئ.

وبالفعل ما أن مرت أخر السيارات من أمام أول أفراد الكمين المختبئين حتى قفز من مكانه مطاردا إياها في حين القى بطلين أخرين أمام السيارة الأمامية بعض قطع الأخشاب المُتخمة بالمسامير التي –لدقة التوقيت –اخترقت

فور إلقائها إطارات السيارة مُجبرة قائدها على التوقف ومن خلفه رتل السيارات في نفس الوقت كان الفتى المطارد مع بعض الأفراد من الجانبين قد التقط كلا منهم من حزامه قنبلة يدوية نزع فتيلها وألقاها بكل قوته من مسافة متوسطة مستهدفا الجزء الخلفي من السيارات المكشوفة وسط الجنود تماماً.

حتى هذه اللحظة كانت المهمة تسير وفقاً لمسارها الطبيعي وأفضل مما تمنى قائدهم ولكن...

للأسف لم ينجو أفراد الكمين من الخيانة التي أسقطت العراق ككل في براثن القوات المتحالفة حتى سقطت بغداد بلا مقاومة فلماذا تستثنى الخيانة تلك المجموعة الفتية من السقوط في حبائلها؟

ففي اللحظة التي خرجت القنابل من يد الأبطال الشباب كان الجنود قد أخلوا السيارات، فلقد قفز الجنود في الحال على الأرض فور توقف السيارة الأمامية وهم على أهبة الاستعداد كاملي التشكيل وعلى الفور انطلقت المدافع الرشاشة في وجوه الأبطال فللأسف كانت الدورية على علم مسبق بالعملية دون التفاصيل الدقيقة لحسن الحظ وكانوا على أتم استعداد للتصدي لها فأصابت القنابل السيارات الفارغة في حين فتح الجنود الذين خرجوا منها في اللحظة المناسبة النيران فأرديت الأبطال على الجانبين لتنقلب المفاجئة بدلا من أن تكون لصالح الثوار لتكون في مصلحة الجنود وأصاب الارتباك أفراد الكمين فانطلقوا في كل اتجاه محاولين الفرار من طلقات الرصاص التي نزلت على رؤوسهم كالمطر ولكن..

في مكان كهذه يكون الهروب ممكنا بقدر ما هو ممكن لحشرة سوداء فوق صفحة بيضاء كبيرة... شاسعة.

حقا لا مكان للهروب، الرمال والصخور في كل مكان.

والجنود بعد ما فقدوا وسيلة نقلهم لم يجدوا ما هو أفضل لفعله من مطاردة هؤلاء الصبية من باب تزكية الوقت والرياضة على ما يبدو، أو ربما الثأر لبعض قتلاهم الذين سقطوا تحت وابل القنابل.

أشار أحد الشباب المجاهد إلى أحد الجبال القريبة متوسط الحجم أقرب إلى التلال الصخرية ليكون ساتراً لهم خاصة مع تلك الأشجار النادرة التي تنمو في سفحه فانطلقوا دون توقف يتساقطون واحداً تلو الأخر إثر الرصاصات التي تلاحقهم حتى وصلوا إلى نطاق الأشجار فاختبئوا خلفها يتبادلون إطلاق النار وقد صاروا في مركز أقوى فالجنود في مكان مفتوح بلا ساتر في حين توارى أفراد المقاومة مع قلة عددهم خلف الأشجار الضخمة غريبة الشكل التي نمت على مدخل أحد الكهوف مخفية معالمه عن كل ناظر فصار الوضع متكافئاً تقريباً.

في نفس الوقت في داخل الكهف كان هناك شيئا أخر يحدث.

شيئاً ربما لم يكن مقدراً له أن يحدث.

لولا ما حدث.

*****

أفقت... كمن عاد للحياة بعد أن توقف قلبه، او استيقظ من غيبوبة عميقة دامت لعقود، استيقظت حواسي ببطء، شعرت بالخدر ينسحب من أطرافي ويحمل لواءه ويرحل، ما هذا الصوت؟ هدير متقطع يتسلل الى حواسي جميعها فيخترقها ممزقاً لحظة من السكينة أردتها بشدة لألملم

أحشائي، الجوع يداهمني، شعور موحش غريب غمر كل خلية في جسدي، تسرب خيطا من الضوء على وجهي أربك جميع حواسي فاتجهت أعطافي إليه دون أن أشعُر، لا أدري أهو غروبا أم شروق، عقلي تائه في عوالم نائية أحاول أن أجمع شتات نفسي ولكن الصوت المزعج يواصل دق جبهتي.

صوت الهدير كأنما أسرع كاتبات الاختزال تدق مفاتيح آلة كاتبة عملاقة أيقظت عقلي المكدود الغائب في التيه، بدد بعض حيرتي، تمسكت بأطراف وعي مضطرب أحاول السيطرة على عقلي الجامح كجواد نافر، الأسئلة تتقافز داخل عقلي بلا إجابات، من أنا ؟؟ حاولت الحركة فازدادت رقعة الضوء، وأخذت معالم المكان تتضح، أين أنا؟ الألم يغزو جسدي إذ تحركت بعد طول رقاد، أطرافي يابسة خرقاء الحركة، ما هذا المكان؟

الأغصان الجافة تحيط بي من كل جانب كقفص صنع خصيصاً من أجلي، تحتوي كل أطرافي كدودة قز في شرنقتها، من أنا؟ يالا عقلي المكدود، تتقافز الأسئلة بلا هوادة، ذكريات مبهمة تحاول شق جبهتي بلا طائل، عقلي غائب تماما في عوالم أخرى.

سأفعل أي شيء لأوقف هذه الأصوات، رباه! رأسي يؤلمني بشدة، تئن جميع خلايا جسدي المنهك طلباً للغذاء، جوع سنواتٍ طوال جعل خلايا جسدي ترتجف، تلفت حولي، الجدران متربة رطبة والأرضية تكسوها أوراق جافة وأغصان محطمة جفت بفعل الزمن فصارت حطباً لا روح فيه، يجب أن أخرج من تلك الشرنقة، ذلك العش الذي يحتويني، ولكني واهن جداً، أحتاج القوة، أحتاج الغذاء.

سأمزق صاحب الصوت ما أن استعيد قوتي، صوت صرخات بعيدة أضافت إلى عقلي أوجاعاً جديدة، الجدران تنز الماء والرطوبة، والأتربة تعانق كل شيء حولي، قد أستطيع ولكنها بعيدة حقا، وأنا واهن حقا، أحتاج قليلاً من القوة، استجمعت إرادتي ومددت ذراعاً ترتجف في وهن، استطالت أطرافي ببطء، حاولت تجاهل الأصوات، وأنا اصارع ضعفي.

عليّ أستعيد ما فقدت من العقل.

عليّ أستعيد بعض قوتي.

****

استمرت المعركة بين جنود دورية قوات التحالف الدولي ورجال المقاومة الذين بذلوا أقصى طاقتهم في الذود عن موقعهم ولكن الذخيرة تقلصت وتقلصت ولم يعد من الممكن الاستمرار في المقاومة لوقت طويل، لم يكن هدف العملية أبدا قتالاً طويلاً كهذا، ولذلك لم يكونوا يحملون الكثير من الذخيرة.

كما أن كثرة الذخيرة في مثل تلك العمليات تجعل عمليات الهروب بعد التنفيذ صعبة، فهذه العمليات تتطلب خفة الحركة وسرعة التنفيذ فالفرار السريع، هكذا تدربوا، وهكذا تعلموا، ولولا الخيانة لتمت العملية بنجاح، ولكن الآن لم يعد من شك ان موتهم صار أقرب مع كل رصاصة تخرج من فوهات مدافعهم وبنادقهم، حتى أن بعضهم بدأ يتلوا الشهادة وهو يشير لرفاقه بالوداع والابتسامة تعلو شفتيه.

وفجأة لمح قائدهم مدخل الكهف !!

كهف قديم كئيب ضيق المدخل تحفه الأشجار من الجانبين وكأنما ـعن قصد ـوضعها أحدهم لإخفاء فوهته.

كان التحصن داخل الكهف لن يحميهم طويلا في غياب الذخيرة، ولكن قد يطيل أعمارهم دقائق أو سويعات قليلة قد تنقلب فيها الأحوال، فالجنود المهاجمين أيضا ستعوذهم الذخيرة بعد قليل...

أشار قائدهم المرتجل إلى التراجع والاحتماء بالكهف من الأعداء، وبالفعل بدأ بعضهم بالتراجع ودخول الكهف، ولكن قائد القوات المعادية لمح حركة رجال المقاومة فأمر بقطع السبيل عليهم وإطلاق الرصاص على مدخل الكهف والأشجار المحيطة به مما جعل التراجع إلى هذه الجهة انتحاراً مبيناً.

أصابت الطلقات الأشجار ومزقت لحائها وانقسم شباب المقاومة الأبطال ما بين شهيد وجريح، مختبئ في مدخل الكهف ومحتمي بالأشجار، وصارت النجاة ضرباً من الخيال وفجأة وبينما قائد الجنود يهنئ نفسه بالنصر المؤزر اندفع من أسفله جذر خشبي مدبب اخترقه من الأسفل فخرج من رأسه قبل أن ينسحب إلى الأرض مرة أخرى بسرعة!

بُهت الجنود للحظة توقف فيها إطلاق النار من الجانبين ولكن المفاجئات لم تتوقف فاندفعت الجذور تقتنص الجنود في حين أحاطت الأغصان بالأبطال المختبئين بينها تخترقهم كيفما تشاء، وتشتت الجنود بعد أن فقدوا قائدهم وتساقطوا كالذباب في حين لم يبقى من أفراد المقاومة إلا ثلاثة أبطال اختبأوا سابقاً في مدخل الكهف فانتهزوا الفرصة وغالبوا دهشتهم مما يحدث وفتحوا النيران

يحصدون من تبقى من الجنود محتمين بالكهف من رد فعل مماثل من قِبل بقايا الجنود المذعورين.

صرخ أحد الرتب الباقية من جنود الاحتلال -بعدما رأى الهزيمة تلوح في الأفق -على الجنود الباقين بإلقاء القنابل على الكهف والأشجار ورجال المقاومة وكل شيء.

ولم يكن بحاجة لأقناع الجنود بتنفيذ الأمر باعتباره قائدهم المرتجل فلم يكن أحد من الجنود يأبه من أصدر الأمر وما هي رتبته المهم أن أحدهم يتولى ذلك وسط كل هذه الفوضى فأخرج الجنود الباقين القنابل وبدأوا بإلقائها على الأشجار ومدخل الكهف ولكن الأشجار العجيبة لم ترحمهم فانقضت عليهم تحصدهم جذورها حصداً حتى فنوا جميعاً ومات في المقابل رجال المقاومة الثلاثة إثر قنبلة مباشرة انفجرت فور ملامستها مدخل الكهف للأسف.

وساد الصمت أخيراً إلا من صوت قرقعة النيران التي خلفتها القنابل وهي تلتهم الأشجار ببطء، كانت الأشجار الآن تتحرك بجنون فرغم انتصارها في المعركة إلا أن النهاية لم تكن كما ينبغي لها أن تكون

وفي النهاية توقفت الأشجار عن الحركة وصمتت للأبد.

والنيران تنتشر بين فروعها الجافة.

وتأكل كل شيء.

حتى جثث الشهداء.

*****

عم السكون أخيرا، وما أشد حاجتي لقليل من السكون الرحيم، قليل من الصمت أستجمع به ما تبقى من أفكاري

وهواجسي، الرؤى تتدفق في ذهني فتؤلمني، الرحمة يا إلهي الرحيم.

تلمست الجدار بعد عناء، قطرات قليلة تدفقت في عروقي، أزاحت كل شعور اخر، منحتني بعضا من قوتها، قطرات قليلة ولكنها كافيه لأستعيد بعض ذاكرتي، عشرون هم، ضحوا بأنفسهم من أجلي، لأنجو، ذكريات مبهمة مازالت، ولكنها ليست ذكرياتي، شخصا أخر يعيش بداخلي، يدفعني دفعا للحركة بعد سكون دام ألاف الأعوام، شعرت بقوتي تعود رويداً رويداً، ومعالم مهمة تنتظرني، طريق يجب أن أسلُكه، لأبقى، وتبقى عشيرتي، فأنا الأخير، مهمة هي سبب وجودي، ومبرر كل التضحيات.

حطمت الأغصان الجافة صانعاً فجوة صغيرة، وزحفت خارج شرنقتي، كمولود من رحم الموت، ارتجفت من هول ما رأيت، الموت في كل شيء من حولي، رفاقي وعشيرتي، التصقوا بجدران المكان وزحفت أطرافهم فوقه وانغرست فيه، أجسادهم هشة مضمحلة يابسة كعراجين النخيل بلا حياة.

تجاوزت الأعتاب الميتة واعتصرت روحي حزناً عليهم، ولكن لا وقت لأحزن، حان وقت الرحيل، لأبدأ رحلتي، تضحية أخيرة لابد منها، فات أوان التراجع عنها أو التفكير فيها، لقد جاء دوري، فأنا الأخير، وعلى عاتقي تقع أخر المهام... وأكبرها.

كان الخارج كالداخل يفوح برائحة الموت، انتصبت وأنا أرمق ما حولي، الأجساد الملقاة في كل مكان كجزوع عجفاء خلت من الحياة، وما تبقى من رفاق ضحوا من أجلي، من أجل سري، ومهمتي...

أجسادنا وأجسادهم تجاورت يكللها الموت والنيران التي لم تهاب عظمة السر الذي فقدته أجساد هؤلاء وهؤلاء، صعدت أرواحهم فلم يبقى إلا حطاما استساغتها النيران حطباً.

اقتربت من جسد أقرب الجنود إلي، اخترق غصناً سميكاً جمجمته فأرداه قتيلاً، انحنيت، رقدت فوق جسده، التحمت به، مات ولكن جسده مازال دافئاً حياً، امتصصت حياة جسده الفاني علها تعيد الحياة لجسدي، علها تسد جوعي، تمددت وانطويت مرات ومرات، انبعجت أطرافي وانبسطت وأنا ملتصق به، أجوس خلال جسده، وببطء تغيرت إليه، ببطء صرت أدمياً، أشبهه وأختلف عنه، أحاكي مظهره.

انفصلت عن الجسد وقد صار ميتاً كصاحبه، ونهضت، الهواء شحيح وقد التهمت النيران معظمه، رائحة الشواء واللحم المحترق في كل مكان، انتزعت ملابسه وبكثير من العسر اندسست فيها، يجب أن أبدو مثلهم، يجب أن أختبئ بينهم حتى أجد طريقي، انتزعت وعاء فيه ماء يحمله عندما أحسست برطوبته، ارتويت، يالا القوة التي سرت في عروقي، سرت المياه في جسدي كصاعقة برق، انتفضت خلايا عقلي، الأن فقط تذكرت كل شيء، عني، وعن رفاقي، وعن المهمة الضائعة، وعن عقود ضاعت في انتظار هذه اللحظة.

ببطء تحركت مغادراً، لم تعد هذه معركتي، الأن أعلم من أنا، سكنت الاسئلة في عقلي عن الضجيج، الأن أعلم وجهتي.

الأن أعلم مهمتي.

الآن أعلم أين أنا ومن أنا.

أنا الأخير...

أنا الهجين...

*****

(٢)

أسفل ٢٠متراً من الجليد، وفي طقس شديد البرودة، وقف ثلاثة رجال داخل أحد الكهوف الجليدية، أسفل القارة المتجمدة أنتاركتيكا.

ثلاثة من العلماء الذين جاءوا بغرض البحث العلمي في إحدى البعثات المختلطة الجنسيات لدراسة الحياة في الكهوف أسفل القارة القطبية الجنوبية.

لابد هنا من قليل من الاستطراد لمن لا يعرف القارة القطبية الجنوبية أنتاركتيكا فإن كنت تعرفها يمكنك تجاوز تلك الفقرات التالية.

تقع القارة القطبية الجنوبية أو أنتاركتيكا[1] في أقصى جنوب الأرض، تضم القطب الجنوبي الجغرافي وتقع جنوب الدائرة القطبية الجنوبية بالكامل واسمها ينقسم إلى قسمين أنتي أي عكس أو ضد، تاركتيكا أي القطب الشمالي، إذا أنتاركتيكا تعني عكس أو مضاد القطب الشمالي وهي تسمية عبقرية ومبدعة حقاً! تقدر مساحتها بما يعادل ١٤٢٠٠٠٠٠ كيلو متر مربع وتعد خامس أكبر قارة إذ تبلغ مساحتها ضعف مساحة أستراليا يغطي الجليد نحو ٩٨% منها بسمك يصل إلى ١,٩ كم.

تعد القارة القطبية الجنوبية أبرد القارات وأكثرها جفافاً ورياحاً إذ تتألف معظم أراضيها من صحراء قطبية رغم ان بها ٨٠% من المياه العذبة في العالم في صورة جليد اي ما يكفي لرفع المستوى العالمي لسطح البحر نحو ٦٠ متراً في حال ذوبانها بالكامل.

---

[1]المصدر صفحة ويكبيديا

تعد القارة القطبية الجنوبية أقل القارات في الكثافة السكانية ـاي عدد السكان على المساحة ـ التي تقدر بنحو ٨،٠٠٠٠٠٠ شخص لكل كيلومتر مربع ولكنها تشمل أنواعا عديدة من البكتريا والطحالب والنباتات والطلائعيات والبطاريق كما عثر فيها على فيروسات مجهولة متجمدة وبعض الحيوانات المجهولة المتجمدة.

لم يتم اكتشاف القارة في التاريخ المسجل إلا عام ١٨٢٠ عندما تمكنت البعثة الروسية التي ضمت فابيان غوتليب وميخائيل لازاروف على متن حراقتي فوستوك وميرني من رصد جرف فيمبول الجليدي.

تخضع القارة القطبية الجنوبية حالياً لإدارة أطراف معاهدة القارة القطبية الجنوبية التي وقعت عليها اثني عشرة دولة عام ١٩٥٩ تبعتها ٣٨ دولة أخرى منذ ذلك التاريخ، تحظر المعاهدة الانشطة العسكرية والتعدين والتفجيرات النووية والتخلص من النفايات النووية وتدعم البحث العلمي وتحمي النظام البيئي في القارة، يقيم ما يتراوح بين ١٠٠٠ و ٥٠٠٠ شخص من بلدان عدة في قواعد بحوث منتشرة في جميع أنحاء القارة.

نعود للعلماء الثلاثة في هذا القبر الجليدي الذي أحاط بهم حيث إنهمك إحداهم في تثبيت جهاز ما إلى الجدار الجليدي الجاسم أمامهم قاطعاً امتداد فراغ الكهف وانحنى كلاً من الباحثين الاخرين على مجموعة من الأجهزة المعقدة والشاشات المحمولة في استغراق تام قبل أن يرفع الأول عيناه متطلعاً للجدار وهو يقول:

- سمك هذا الجدار يصل إلى ١،٦ متر (الفريد) انه جدار ضخم حقا.

رفع الانجليزي الفريد هولمان عيناه يتطلع إلى شريط ورقي انبعث من جهازه حاملا ترددات اشبه بترددات جهاز قياس النبض وقال:

- يبدو إننا وقعنا على كشف مهم (ألبرت) فهذا الجدار المتجمد عمره يتجاوز ثلاثة ألاف عاماً بقليل.

أزاح الباحث الثالث روسي الجنسية القلنسوة الصوفية البيضاء ذات الفراء التي أعطته مظهر الدب ليبرز رأسه الأصلع وهو يلتقط الشريط من زميله ويتطلع إليه قبل أن يقول في انبهار:

- يالا الروعة إن الفراغ خلف هذا الجدار أكبر من ملعب كرة القدم يبدو إنه يفصل مدخل الكهف عن أهم أجزاءه.

ثم رفع عينيه إلى نظيره السويدي ألبرت هولاند الذي راح ينزع جهازه الذي انغرس في الجدار الثلجي وهو يقول:

- هل تعرف معنى هذا ألبرت؟ ان الفجوة خلف هذا الجدار لم تطأها قدم منذ ثلاث الاف عام او يزيد ترى اي حياة بيئية سنجدها في هذا النظام البيئي المعزول منذ ألاف السنين.

قال ألبرت وهو يضع جهازه الثقيل برفق على الأرضية المتجمدة:

- لا تشرد بأحلامك نورمان فربما لا نجد شيئا ذا قيمة أكثر من بعض نباتات التندرا والبكتريا والطحالب.

- مستحيل كل النظريات تقول ان القارة القطبية لم تكن متجمدة بهذا الشكل بل كانت مفعمة بالحياة الحيوانية والنباتية قبل ألاف السنين وبالتأكيد سنجد الكثير بالداخل عن هذه الحياة.

نهض الفريد في نزق إثر طول الجلوس على الأرضية المتجمدة وقال:

- أعتقد ان نورمان على حق ثلاث ألاف عام فترة ضخمة في تاريخ الأرض، لقد كانت هذه القارة غابة خضراء قبل ألاف السنين، وبالتأكيد ما خلف هذا الجدار أقرب إلى هذه الفترة من السطح المقفر بالأعلى، الله وحده يعلم أي كائنات حية أو متجمدة قد نجدها بالداخل.

عقد ألبرت حاجبيه الكاثين وتحسس ذقنه الحليق الذي اضطر لحلاقته خصيصا لهذه الرحلة البحثية حتى لا تتجمد لحيته فوق وجهه مع بخار أنفاسه وشد قامته قائلا:

- ربما لن اجادلكما في هذا، أنا أيضا أتمنى العثور على حياة بيولوجية غنية خلف الجدار، ولكن السؤال هنا كيف نتجاوز هذا الجدار السميك.

كان ألبرت باحثا بيولوجيا، ينحصر اختصاصه في الكائنات الحية سواء متعددة الخلايا كالحيوانات او وحيدة الخلية كالفيروسات والبكتريا، في حين اختص نورمان في الحياة النباتية، ولذا لم يكن لأي منهم فكرة عن كيفية تجاوز الجدار، إلا أن الفريد الباحث الجيولوجي -والذي كان أقدرهم على فهم وحل المشكلة — أجاب حيرتهم قائلا وهو يعد على أصابعه التي اختفت داخل القفاز:

- لا نستطيع استخدام المتفجرات، فهذا قد يتسبب في انهيار الكهف العتيق فوق رؤوسنا، ولا نستطيع استخدام قاذفات اللهب، فتحليل هذا الجدار قد يمدنا بمعلومات ثمينة عن هذه الفترة المجهولة التي تكون فيها، وقد يحتوي على فيروسات أو بكتريا مهمة، لذا لا أرى أمامنا إلا استخدام المعاول لفتح ثغرة تسمح بالدخول في هذا الجدار، ولا أظن أن الأمر سيطول ففي النهاية هذا جليد لا أكثر.

هتف ألبرت:

- جليد لا أكثر! إنه صلب كالصخر يا هذا، أرى ان نستخدم النار، لا يجب ان نذيب الجدار بالكامل، وسيتبقى منه ما يكفي للدراسة، تذكر إننا سنفعل هذا بأنفسنا، لا يوجد عمال هنا.

اقترب الفريد من الجدار وتحسسه بيده أسفل القفاز وقال حالما:

- لم أرى في حياتي جداراً ثلجيا مثل هذا، هذا ليس ردما عشوائيا، كأنه من صنع يداً عاقلة وليس تكويناً طبيعيا أنظر إلى انتظام سطحه وارتفاعه أكاد أجزم أن يداً عاقلة صنعته.

ثم التفت في حماس وهو يهتف:

- أراهن أن هذا الجدار صُنِع صُنعاً بيد عاقلة لإخفاء شيئاً عظيماً خلفه.

ربت نورمان على كتفه في رفق وهو يقول:

- تمهل يا رجل، هذا الجدار هنا منذ ثلاثة ألاف عام، ولا أظن أحداً في هذه الفترة وصل إلى هذا المكان، بل لا أظن أحداً في هذا العصر كان يملك التكنولوجيا والأدوات لصنع مثل هذا الجدار.

هتف ألبرت وهو يقول معترضا:

- وهل نسيت حضارة اطلنتس[1]؟ التي بلغت تطوراً رهيباً قبل أن تفنى.

تبرم نورمان وقال:

- لن أخوض هذا النقاش ثانية، لا يوجد دليل على حضارة اطلنتس غير كتابات هيرودوت، ولو كانت موجودة حقا فلن نعرف أبداً، وعلى كل حال دعونا نتجاوز هذا الجدار أولاً ولنرى ماذا سنجد.

لما كان هذا أخر الكهوف المدرجة في خطة اليوم جمع كل منهم أدواته وأجهزته وغادروا المكان إلى حيث توقفت عربة مجهزة للسير على الجليد فقاموا بتحميلها بمتعلقاتهم وانطلقوا.

وعلى بعد ثلاث اميال توقفت العربة أمام مبنى من دور واحد تقف أمامه سيارتان أخريان وتوزعت مجموعة من المصابيح بنظام حول المبنى فوق أعمدة مثبتة على الأرض وفوق قمة المبنى.

---

[1] قارة يقدر انها كانت تقع في المحيط الاطلسي بين قارة افريقيا والامريكتان ذكرت في اشعار هيرودوت يقال انه علم عنها اثناء زيارته لمصر من الكهنة المصريين والمفترض انها كانت متقدمة جدا حتى انها ابهرت الكهنة المصريين رغم الحضارة العظيمة في مصر في هذا التاريخ

تعاون الثلاثة في إفراغ حمولة العربة وحملها إلى الداخل وقد بدأت رياح ثلجية تنشط حول المكان جاعلة الرؤية تزداد صعوبة وما ان أُغلق الباب حتى زفروا بارتياح ونزعوا معاطفهم الثقيلة مستمتعين بالدفء المنبعث من أجهزة التكييف المنتشرة في المكان بعد البرد القارس الذي جمد الدماء في عروقهم ودخلوا أحد القاعات التي جهزت وخصصت لمشروعهم العلمي عن الكهوف الجليدية وشرعوا في إخراج وتوزيع العينات التي جمعوها من الكهوف حصيلة رحلة اليوم.

مرت ثلاث ساعات في الفحص والدراسة قبل أن يدخل الغرفة شاب أمهق حاملا مجموعة من الأوراق ناولها لنورمان باعتباره رئيس هذه المجموعة الصغيرة كانت الوحدة البحثية المتمثلة في هذا المبني تشمل ثلاث مجموعات بحثية تحت قيادة وإشراف مستر أرثر فريمان انجليزي معتد بنفسه لم يغادر الوحدة منذ عشر سنوات ولا يهمنا ها هنا إلا مجموعتنا البحثية الصغيرة بقيادة نورمان إيزاروفيتش الروسي الذي استلم الأوراق مشيراً للأمهق بالانصراف ووضعها جانبا وعاد ينظر في الميكروسكوب الصغير يفحص العينات فاقترب منه الفريد والتقط الأوراق وهو يضبط منظاره الطبي فوق مقدمة أنفه ثم هتف بعد ان قرأ محتوى الأوراق:

- ما معنى هذا يا نورمان نحن لم ننتهي بعد فكيف نعود بهذه السرعة.

اجاب نورمان دون ان يرفع عينه عن الميكروسكوب وهو يضبط دقة تقريب العدسة على الشريحة الزجاجية:

- يعني ما ذكر يا الفريد لقد انتهى تمويل البعثة وليس هناك المزيد، هذا أخر شهر لنا ها هنا، او

يمكننا الاستكمال على نفقتنا الخاصة لن تدفع الجامعة او معهد البحوث مليما أخر.

تدخل ألبرت في الحوار قائلا:

- لديهم كل الحق فلثلاث سنوات مضت لم نضيف جديدا يذكر ألا بعض البكتريا المجهولة غير المكتشفة ونوعين جديدين من الطحالب ولكن الكشف الجديد قد يغير كل شيء يجب ان نسرع في استكشاف هذا الكهف الجديد وإلا فالعودة حتمية.

قال الفريد بغضب:

- هل يظنون اننا سعداء بالعيش داخل هذه الثلاجة هل يظنون اننا في جزر المالديف ننعم بالرفاهية والمتعة هؤلاء الحمقى يهدرون ثلاث سنوات من الابحاث الجادة المحترمة.

رفع نورمان عينه عن الميكروسكوب وقال:

- ابحاث جادة او غير جادة الجامعة ومعهد البحوث يهمهما النتائج ومالم نقدم نتائج معتبرة قبل نهاية الشهر فالجامعة ترى ان التمويل المنفق أكبر من النتائج المرجوة ومن ثم ستنسحب من تمويل البعثة، في نهاية الشهر ستصل سفينة الامدادات الخاصة بالوحدة، فإما ان نعود معها او نعثر على تمويل اخر، لا امدادات او اموال اخرى لنا.
- هراء، لن يسمح مستر أرثر بذلك.

عاد نورمان إلى الميكروسكوب وهو يقول:

- إن دور مستر أرثر تنظيمي اداري الفريد، هو لا يتدخل في الابحاث او في التمويل، فقط تنظيم وتذليل العقبات، وتوفير وطلب ما نحتاج لأجراء ابحاثنا ليتم شحنه على السفينة القادمة هذا كل شيء.

طوح الفريد بالأوراق وهو يهتف:

- اللعنة على ذلك.

ضحك ألبرت وهو يشير إلى الفريد قائلا:

- انت الإنجليزي الوحيد الذي قابلته لا يتمتع بالبرود الانجليزي الشهير، اهدأ يا رجل مازال لدينا فرصة حتى نهاية الشهر، بقي خمسة عشر يوما قبل ان نحمل متاعنا ونرحل.

قال نورمان وهو مازال منهمكا فيما يفعل:

- إن السويدي على حق، وما اراه امامي هنا قد يزيح كل هذه المشاكل من امام وجوهنا.

بدا التوتر والاهتمام على وجه كلا من ألبرت والفريد وهما يتبادلان النظر في الميكروسكوب الذي تنحى عنه نورمان ليسمح لهما بإلقاء نظرة، ولكن أيا منهما لم يفهم، فتساءل ألبرت بحيرة:

- ماذا في هذه العينة الجليدية يدفعك لقول هذا انا لا افهم.

عاد نورمان للنظر إلى الميكروسكوب وقال:

- الم تلاحظا هذا؟ حسنا ربما لأنه بعيد عن مجال اختصاصكما، ان الجليد المتراكم على مر السنوات يتخذ شكلا معينا متمثلا في الكريستالات الثلجية بديعة التكوين المتساقطة من السماء ولكنها تكون محطمة في الغالب كما يحوي فقاعات هوائية عديدة ومسام في كامل التكوين.

انتصب وعينه تلمع في نصر وغبطة:

- هذه الشريحة الثلجية اخذت من الجدار الذي فحصناه اليوم، هل يجد أي منكم ما ذكرت فيه؟

عاد كلا الباحثين للنظر في الميكروسكوب قبل ان يهتف ألبرت:

- إنه مصمت تماما، لا كريستالات أو فقاعات أو مسام.

اجاب نورمان مبتسما:

- كأنك جمدت ماء تم غليه من قبل إن الماء المغلي يفقد الهواء ومن ثم يكون أسرع في التجمد، ولا يشكل كريستالات طبعا ولا فقاعات هوائية أو مسام، وهذا لا يعني إلا شيئا واحد.

قال الفريد منبهرا بشدة:

- إذا هذا ليس تكوينا طبيعيا، هذا الجدار صنع بيد عاقلة.

اشار نورمان مؤكدا:

- بالضبط اول دليل على حضارة عاقلة على هذه القارة، استعدوا غدا سنخترق هذا الجدار لا مجال للإبطاء.

ارتسمت على وجوه الثلاثة نظرات التفاؤل والامل واندفعوا يعدون العدة لاختراق هذا الجدار، هذا الحاجز الذي يفصل بين عالمين...

وحضارتين...

******

(٣)

كان زفافاً جميلاً بسيطاً في منزل العروس الذي زين بعناقيد النور والبهجة وصدحت الموسيقى الصاخبة من المنزل الذي انارت فروع المصابيح على واجهته الحارة بكاملها وفي الحارة تجمع كثير من الاطفال الذين اخذوا يرقصون على اصوات الأغاني الشعبية (المهرجانات) المنبعثة من السماعات العملاقة المثبتة في شرفات المنزل في حين التفت مجموعات متباينة من الرجال والشباب الذين خرجوا هروبا من الزحام بالداخل للتدخين او التحدث حيث التفوا في دوائر واستند بعضهم على واجهات المنازل يشربون اكواب الشربات ويتناولون الجاتوه اما في الداخل فقد كان الزحام شديد ما بين مهنئ وراقص ومزغردة، وامام اكبر الحوائط بصالة الدار التي ـ بالإضافة لغرفتين اخرتين تطلان على الصالة ـ ازيل كل اثاثها انتصبت الكوشة المكونة من كرسيان فاخرين تفضل الحاج محمود السروجي صاحب الفِراشة بإعارتهما للعرسان الجدد جلس عليهما سعيد ومريم[1] في سعادة غامرة كان سعيد يبدو وسيما وقد قضى ما يزيد على الساعتان في محل سيد الحلاق ما بين ماسكات وحمامات كريم لشعره ورغم ذلك اصر على زيارته ـ سيد الحلاق ـ قبل الفرح مباشرة لإعادة تصفيف شعره مرة اخرى يرتدي بدلة سوداء انيقة وقميص ابيض وقد ربط على عنقه بابيون صغير على شكل الفراشة وحذاء اسود لامع اما مريم فقد قضت الأسبوع الاخير تقريبا في رحلات يومية لمصففة شعرها (كوافيرة) ألا انها في النهاية اتت ثمارها فلقد بدت في فتنتها كافروديت ربة الحب والجمال عند الإغريق وقد صبغت شعرها باللون الأصفر الذهبي وبرعت عاملة

التزيين (الميكاب) في رسم عينيها الخضراوين وشفتيها الكرزية وارتدت فستان ابيض بالغ الروعة عاري الكتفين يصعد صدره بغلالة رقيقة من الدانتيل مغطيا اسفل رقبتها وانتفش جزؤه السفلي المزدان بحبات الخرز المتلألئة فوق حذاء من الستان وثبت من خلفها ذيل طويل مزين اطرافه بالخرز والدانتيل كالطاووس، وكانت سعيدة، في حين بدى بعض العبوس على وجه سعيد بسبب كتفيها العاريين اللذان لم يقبل بهما سعيد إلا مرغما بعدما كاد الخلاف يتسبب في إلغاء حفل الزفاف.

تجاوز د. حاتم دائرة المهنئين والراقصين وكاد ينكب على وجهه متعثرا في الكراسي المتراصة في الصالة الضيقة بمواجهة العروسان ومال على مريم وقبل جبهتها وهو يصافحها قائلا:

- مبارك يا عروسة تبدين فاتنة اشعر بسعادة بالغة ان العمر امتد حتى اشهد عرسكما.

ثم مال على اذنها وسط تمتماتها بالشكر والمجاملة وقال:

- لا تبالي بهذا المأفون تبدين رائعة.

ارتسمت السعادة على وجهها وضحكتها إثر تعليقه فتركها والتقط كف سعيد وهو يتجه اليه منحنيا ليقبله جالسا ومال على اذنه قائلاً:

- ابتسم يا فتى لا داعي لفساد الليلة، كلها ساعات وتكون في طابا تنعم بعروسك فلا تدمر فرحتها بيوم كهذا.

اغتصب سعيد ابتسامة وهو يرد التهاني لمعلمه واستاذه وهو يمني نفسه بانتهاء الفرح سريعا ليغادر إلى مدينة طابا

المصرية ليقضي اسبوعا استضافهم فيه احد الاساتذة يملك شاليه هناك كهدية للعروسين وتنهد وهو ينظر إلى بعض رفاقه الراقصين الذين جاءوا يحاولون للمرة العشرون بعد المائة جذبه لمشاركتهم الرقص رغم رفضه المتكرر الا انه استجاب هذه المرة وسحب يد مريم لتشاركه الرقص وهتف الحضور باسميهما في سعادة فانخرطا العروسان في الرقص بحماس، بدت مريم وهي ترقص وتدور فتدور معها تنورتها كملاك رقيق او حورية من الجنة والتف الشباب حول سعيد يبادلونه الرقصات والحركات فجذبت مريم امها للرقص عندما رأتها تقف متبرمة غير راضية عن هذه الزيجة إلا انها رسمت على وجهها ابتسامة وشاركت ابنتها الرقص قليلا قبل ان تقبلها على وجنتيها وتتركها لعريسها وتبتعد لتقف بجوار د. حاتم الذي مال نحوها مباركا:

- مبارك يا ام العروس، يبدوان رائعي الجمال اللهم أتمم لهما فرحتيهما وارزقهما الذُرية الصالحة، سيكون لكي احفاد ان شاء الله عما قريب يا ام مريم.

قالت ام مريم وهي لازالت متبرمة:

- لم أكن لأرضى بتلك الزيجة لولا تدخلك يا دكتور.
- وماذا ينقص سعيد يا أم مريم انه فتى شريف مكافح وسيسعد ابنتك بإذن الله وها هو قد صار معيدا بالكلية ومازال المستقبل يعد بالكثير بإذن الله.
- حفل زفاف في قاعة وشقة تمليك يا د. مدحت ووظيفة تدر دخلا محترما هذا ما ينقصه لم أكن

أرضى بشقة مستأجرة ولا بزفاف كهذا الا بسبب
ضغطك عليا.
- خذوهم فقراء يغنيكم الله، اصبري وسترين خيرا
إن شاء الله.

لم يبدو على ام مريم الاقتناع وإن حاولت الابتسام حتى لا
تفسد زفاف ابنتها واخذت تصفق بيديها للعروسين
الراقصين الذين اقتربا من بعضهما في رقصة جديدة هادئة
(سلو) وكل منهما ضائع في عيني الأخر يحلمان بالمستقبل
السعيد الذي ينتظرهما بعد ساعات قليلة.

انتهت الحفلة على خير واتجه العروسين إلى شقتيهما
تزفهما الزغاريد وهتافات الشباب ليقضيا ليلتهما على ان
يسافرا في الصباح إلى مدينة طابا ليبدأ شهر العسل الذي
تم اختزاله إلى اسبوع وحيد إلا انهما كانا سعيدين كل
السعادة غير عالمين بما ينتظرهما هناك

******

(٤)

اقتربت الفرقاطة البحرية الأمريكية T.C.Hart من طراز ((نوكس)) الضخمة من سفينة بحرية راقدة بلا حراك فوق المياه كجثة طافية وقد تحولت إلى ما يشبه الحديقة وسط مياه المحيط بكل هذه الاغصان والاوراق الضخمة والنباتات التي غطت سطحها والتي بدت متناقضة بشدة مع بدن السفينة المعدني.

كانت الفرقاطة العتيقة قد استجابت لنداء استغاثة قادم من تلك السفينة فتوجهت على الفور إلى موقع الارسال لتصطدم بهذا المشهد الذي بدا في عين الادميرال اوليفر بيري قائد الفرقاطة اشبه بغابة فوق سطح معدني ولكنها غابة ذابلة وقد تجعدت اوراقها وتدلت سيقانها ربما بفعل ماء المحيط المالح الذي بالتأكيد لا يصلح لإنعاش هذه الحديقة الطافية اقترب وليم شيبرد الضابط الاول وصديق الادميرال اوليفر من نافذة قمرة القيادة بدهشة يتطلع إلى المشهد الغريب الذي جذب البحارة إلى السطح يتأملونه في ذهول وقال للأدميرال برهبة:

- ما هذا ؟؟ تبدوا كجسداً بلا حياة باستثناء تلك النباتات الغريبة.

اجاب الادميرال وهو ينزل النظارة المكبرة من امام محجريه الغائران ويناولها ضابطه الاول قائلاً:

- لا علم لي، ان هذا غريب حقا، هل هناك استجابة للبث اللاسلكي.
- لا لا يوجد اي اشارة صادرة من هناك.
- افحص المجال حولنا على السطح وفي الاعماق بالرادار والسونار وابلغ الرجال بالعودة إلى

مواقعهم وان يستعدوا لكل الاحتمالات لربما هذا جزء من الحرب البيولوجية.

- سيدي سجلات البحرية تقول إن هذه سفينة امدادات قادمة من القطب الجنوبي، فهل تظن ان شيئا اعترضها مثلا؟

حك الادميرال عنقه وهو يقول:

- لا أحد يعلم شيئا، ولن نعلم قبل ان نصعد إلى سطحها ونرى بأنفسنا، اهتم بالاستعدادات بنفسك ريثما ابلغ القاعدة بالموقف.

ادى وليم التحية العسكرية وتوجه لتنفيذ الامر، ولم تمض نصف الساعة حتى تحرك زورق بخاري من الفرقاطة الضخمة ـ التي توقفت على مسافة أمنة ـ يحمل ٥ افراد من البحرية الامريكية مدثرين بثياب عازلة ويحملون اسلحتهم وكامل عتادهم وتوترهم وانبهارهم جنبا إلى جنب صوب السفينة الساكنة المفتوحة كقلب صديق يقودهم الضابط الاول شيبرد الذي كان محبوبا بين البحارة لدماثة خلقه واخلاصه لعَلَمُه وعمله في حين وقف الادميرال في قمرة القيادة يراقب الموقف من خلف نظاراته المقربة ويتابع صعود الرجال على متن السفينة المعطوبة ومن ثم يندسون بين النباتات الذابلة التي غطت سطحها.

وهناك على السفينة وقف الرجال يتفحصون ما حولهم في ريبة وحيرة غامرة حتى قال أضخم الجنود اسمر اللون في حيرة:

- لا يبدوا ان هناك أثر للحياة إذا استثنينا تلك الغابة الغريبة.

قال جندي أشقر لا يختلف في الحجم كثيرا عن رفيقه:

- تبدو جميعا كأفرع لنبات متسلق ولكنها أكثر غلظة بكثير، لما ارى نبات متسلق فروعه بهذه الضخامة، ولكن كذلك لا يوجد نبات او شجر تمتد فروعه بهذا الطول!

قال شيبرد وهو يتحسس زهرة ضخمة تحتل مترا مكعبا من الفراغ بلا مبالغة رقدت بتلاتها على الارض في إنهاك:

- لسنا هنا لفحص تلك الحياة النباتية الغريبة ولكن لا يمنع هذا من اخذ بعض عينات من تلك الاغصان، جون هل يمكنك الاهتمام بالأمر؟ انت كنت بستانيا قبل الالتحاق بالقوات البحرية هل تتعرف على اي من هذه الاوراق ؟؟

اجاب جندي ثالث نحيل اسمر تبرز عيناه من وجهه كأنما تفران من جمجمته وهو يهز رأسه نافيا:

- لا سيدي ولكن سأهتم بأمر العينات.
- حسنا يبدو ان كل تلك الفروع والاغصان تنبت من اصول ما في مخزن السفينة كل الافرع تخرج وكأنها تفر من هناك دعونا نبحث في الاعماق علنا نجد بعض الناجين المحتجزين بالقاع.

تحرك فتبعه أربع جنود تاركين الجندي جون يؤدي عمله ولكن وليم اشار لجندي اخر بالبقاء معه وهو يقول:

- تحركوا في ثنائيات هذا اقل خطرا نحن لا نعلم ما نواجه.
- عُلم سيدي.

عاد الجندي الضخم الاول إلى رفيقه جون في حين توجه وليم بصحبة ثلاثة اخرين إلى القاع وما ان اختفوا حتى قال جون في حيرة:

- انظر هنا ستيف أترى هذا؟

اقترب الجندي الاسمر من رفيقه وهو يمعن النظر في ساق النبات، بدا له من الوهلة الاولى انه لا شيء هنالك مجرد غصن لنبات ما لا يدري كنهه غمغم في ضيق فقد كان يفتقر للذكاء ويخشى طوال الوقت من ان يلاحظ أحد ذلك فتظاهر بأنه يفهم مقصد جون وقال محاولا ان يبدوا ذكيا:

- إن هذا غريب حقا جون، ما هذا الهراء؟ إن هذا الغصن يبدو منتفخا أترى هذا؟
- ليس منتفخا! اقترب أترى ذلك الخط الرفيع، أعلى قليلا، هذا ليس انتفاخ هذا نبات متطفل ولكنه غريب حقا لقد التحم بساق النبات حتى غدا جزءً منه.

اخرج سكينا سويسريا متعدد الاستخدامات وفرد نصله الحاد وعالج النبات محاولا نزع الطفيلي المتشبث بالفرع امامه فقطع جزء منه وادخل النصل اسفله وجذبه لتبرز من اسفله اشواك كانت منغرسة في الساق في صف طويل متقارب كالمنشار قطع قطعة من النبتة الطفيلية وطفق يتأملها قائلا لستيف:

- عجبا ... أترى هذا ستيف إن هذا النبات الطفيلي لا يكتفي بتسلق السيقان بل يبدو أنه يتغذى على عصارتها، هل ترى هذه الأشواك انها أنابيب يتم غرسها في الساق اظنها تمتص السوائل من داخلها هل ترى هذا؟

لم يكن ستيف منتبها إذ كان يتابع حركة الساق الطفيلية إذا اخذت تستطيل مغطية الجزء المقطوع منها لتلتحم مع الجزء المتبقي منها على الساق وما ان التقى الجزأين حتى بدأت النبتة تنتفض في ألم فتنطبق اوراقها وتفتح بغير نظام، جذب ستيف ذراع جون وهو يهتف:

- انتبه عليك اللعنة هذا النبات شيطان قاتل.

افاق جون من شروده اثر جذبة ستيف له ليرى ساق نباتية خضراء كانت متدلية على الارض تتحرك كثعبان محاولة الالتفاف على ساقه فقفز في ذعر في حين التف فرع أخر على ذراع ستيف واخذ يزحف عليه بسرعة، اسرع جون بمديته ليقطع الفرع الذي سقط يتلوى على الأرض وجذب ستيف متراجعا إلى الخلف وهو يهتف:

- يا إلهي هذا النبات يتصرف بشكل واعي، لم ارى نباتا يتحرك بهذا الشكل من قبل انه..

وقبل ان يكمل جملته تعثر في احد الافرع المتدلية على الأرض ليهوى إلى الخلف بكامل ثقله ليسقط بالضبط فوق الزهرة العملاقة التي انتصبت بتلاتها فجأة لتلتقمه في لمح البصر وتغلق عليه اوراقها وتلاحمت الاوراق فوقه بسرعة فائقة حتى اختفى تماما بينها دون ان يطلق صرخة واحدة وسط ذهول ستيف الذي سلم ساقيه للريح متخليا عن زميله، ولكنه لم يبتعد كثيرا أذ تضافرت الفروع على اسقاطه وقطع طريقه وهو يحاول تفاديها والوصول إلى قلب السفينة حيث قائده وباقي الرجال ولكن قبل أن يصل إلى الباب الذي يقود للأسفل هوى احد الاغصان فوق جمجمته مباشرة فهوى منكبا على وجهه وبسرعة زحفت الاغصان الشيطانية فوق جسده حتى اختفى تماما اسفلها بلا اثر.

في نفس الوقت تقريبا كان وليم شيبرد ورجاله في اتعس لحظاتهم فأعماق السفينه تحولت لغابة متشابكة من الغصون والافرع الغليظة التي جعلت الخوض فيها عملا ملحميا بحق، تعاون الرجال الاربعة في قطع الفروع التي اعترضت طريقهم مستخدمين السونكي متقدمين ببطأ وسط هذه الغابة العجيبة وفي وسط ظلام دامس فرضته الاوراق العريضة الضخمة التي تراكمت على مداخل الضوء من نوافذ وفتحات وفوق المصابيح التي خبى معظمها بالفعل او تحطم جراء تمدد الفروع النامية.

غمغم وليم غير عالما بما جرى لمجنديه على السطح وهو يحاول صنع طريقا لساقيه خلال الفروع :

- لقد اقتربنا، اللعنة اشعر اننا في غابة استوائية، الافرع كلها تتجها إلى هناك خذوا الحذر الأن.

كان يشير إلى احد المداخل خرجت منه فروع ضخمة هائلة محطمة الباب وجزء من هيكل السفينة المعدني في قوة لا يستهان بها.

تطلع احد الجنود الى المرافقين له وهو يقول :

- كيف سندخل ان السونكي لن يصلح لقطع تلك الاشجار.

تطلع جندي اخر في انبهار محاولا ايجاد فرجة بين الفروع لينظر إلى الداخل وهتف قائلا :

- كيف بحق السماء نبتت هذه الغابة إلى هذا الحد دون ان يقمعها الرجال على ظهر السفينة لماذا لم يلقوا بتلك النباتات وهي صغيرة في البحر ومن اين الماء والتربة التي انبتت كل هذه الاشجار

تنهد وليم وقال :

- واين الرجال ؟؟ اين طاقم السفينة ؟؟ اننا لم نعثر على اي قوارب نجاة في محيطنا لقد استجبنا لنداء الاستغاثة بسرعة معقولة ويبدو واضحا أن هذا بالضبط ما كانوا يستغيثون منه ولكن اين هم بحق السماء ؟

هتف جندي اخر قائلا :

- من هنا يا رجال.

تحرك الرجال متتبعين صوت الجندي فوجدا انفسهم في قاعة كبيرة تحتوي الكثير من الاسرة المتعددة الطوابق يبدوا انها خصصت لمبيت الطاقم وكانت كثافة الاغصان بالداخل متدنية بعكس الممرات بالخارج وكأن الفروع الزاحفة من قبو السفينة لم تهتم كثيرا باستكشاف الغرف المتناثرة على الجانبين قدر اهتمامها بالوصول إلى السطح والفرار من قلب السفينة.

تجول وليم بين الاسرة الخالية التي هجر اصحابها متعلقاتهم التي تناثرت في كل مكان حتى توقف عند احد الاسرة استقرت اسفله حقيبة ضخمة لا تبدو من مهمات رجال السفينة بشعار معهد البحوث المطبوع على قماشها فاشار اليها وهو ينادي احد الجنود:

- مايك انظر ماذا تجد في هذه الحقيبة انها غريبة عن المكان وربما نجد فيها ما يفيد وليتبعني الأخرين.

رفع مايك الحقيبة ووضعها على الفراش في حين اتجه وليم إلى نهاية العنبر وهتف في جنوده وهو ينحني على الارض :

- يبدوا اننا قد وجدنا ضالتنا يا رفاق اعتقد ان هذا الباب يقود إلى قبو السفينة هلموا لعل الطاقم محتجز بالقاع.

تعاون جنديان على رفع الباب الذي انزاح مطيعا كاشفا عن درجات قليلة لم تخلوا من بعض الافرع المستلقية على الارض في ذبول وتراخي واضح ولكن الوضع يسمح بالنزول.

هتف وليم على الجندي مايك :

- اتبعنا يا مايك فور الانتهاء من تفتيش الحقيبة واحتفظ بأي اوراق قد تفيدنا فأن ما اعتقد ان ما بداخل الحقيبة هو بيت القصيد في فهم ما جرى هنا بالضبط.

ثم غاب عن عيني مايك خلف جنوده الذي فحص الحقيبة بسرعة ناثرا الملابس الصوفية الثقيلة التي امتلئت بها على الفراش قبل ان يعثر على قرصين من الاقراص المدمجة ودوسيه مكتظ بالاوراق في قاعها دسم في حقيبة ظهره وقبل ان يهرع للحاق بقائده لاحظ هذا الانتفاخ في جانب الحقيبة فأخرج سكين مزق به القماش فوجد بالداخل في جيب سري مفكرة صغيرة وعلبة معدنية لم يهتم كثيرا بمحتواها بل دس كل شيء في حقيبته بسرعة فلقد كان يخشى حقا البقاء وحيدا وسط هذه الغابة العائمة.

عندما لحق مايك بقائده في القاع المظلم ادهشه وقوف الرجال جنبا إلى جنب في صمت مصوبين كشفاتهم الى ما يبدوا انه اصول تلك الغابة ومنبعها.

كان القاع واسعا رحبا وعلى عكس المتوقع لم يكن يمتليء بالفروع وفي وسط المكان استقرت مجموعة شجرية من خمس شجرات ضخمة كثيفة بدت من الوهلة الاولى كرجال جالسين القرفصاء تشوهت معالمهم لغير المدقق بالأغصان الصغيرة النابتة والاوراق النامية حتى لتحسبهم شجيرات عادية كانت وجوههم إلى الدخل في حلقة مفرغة وكأنهم رجال في قداس او يمارسون طقسا ما غير مفهوم في حين التحمت ظهورهم او انبثق منها جزعا ضخما متفرع هو اصل تلك الافرع والاغصان النامية والتي توجهت جميعها متشابكة إلى المدخل الاخر للقاعة زاحفة على السلم القصير إلى السطح اما الجذور العملاقة التي انتشرت على الارضيه فلم تكن متصله بشيء فقط انتشرت دائريا حول الاشجار بشكل يسمح بانتصاب الاشجار وعدم سقوطها.

اقترب مايك من قائده في بطأ وكأنه يخشى قطع هذه الحظة من الصمت وما ان شعر به وليم حتى انتفض فزعا مما جعل الرجال يجفلون للحظة قبل ان يهتف وليم:

- بحق السماء الا اصدرت صوتا وانت تقترب تبا لك يا مايك
- اسف سيدى لقد فحصت الحقيبة وعثرت على بعض الاوراق والاقراص المدمجة والكثير من الملابس الثقيلة يبدوا انها تخص احد رجال القطب الجنوبي العائدين

ثم دس يده في حقيبته مخرجا العلبة والمفكرة ومد يده بهم إلى قائده مستطردا :

- كما وجدت هذه المفكرة برفقة العلبة بأحد الجيوب الخفية

تناول وليم المفكرة والعلبه وتفحصها قليلا وقال :

- انها ملاحظات ما لأحد الباحثين يدعى الفريد هولمان يبدوا انه كان يعمل بالفعل في القطب الجنوبي اعتقد ان هذا سيكون مفيدا هل فتحت العلبة
- لا انها مغلقة بقفل كودي سيدي

دس وليم العلبه والمذكرة في حقيبته وامر الرجال بالالتفاف حول الاشجار واقترب هو من احدها ومد يده داخل القفاز مزيلا بعض الاغصان الصغيرة مستكشفا حدود الجسم الجالس امامه قبل ان يقول لنفسه:

- غريب.. هذ النبات كأنه شجرة نبتت من انسان او كأنها مسحورة على شكل بشر او اقرب للبشر فهناك اختلافات كبيرة فهذه الشجرة تبدو كرجل بأربع أزرع والرأس ايضا كأنه جذع مقطوع نحت فوقه وجه بلا ملامح وهذه الأخرى اشبه برأس سلحفاة مقلوبة ماذا يحدث بحق الجحيم.

انتبه من شروده فصاح بالرجال ان يستكشفوا المكان بحثا عن ناجين ثم جلس القرفصاء امام الوجه المشوه الخالي من الملامح يتأمله رغم عدم وضوح ملامحه إلا انه يبدو حزينا متألما ينظر إلى الأسفل في قنوط، ترى اي فنان هذا الذي نحت هذا الخشب ونسج تلك الفروع ليصنع هذه

الجمال وما هي هذه الاشجار وما الذي دفع الطاقم ـ او ايا كان إلى استزراعها ـ على سفينة بحرية في ظروف بهذه القسوة من عدم توافر المياه والتربة الصالحة والضوء بل كيف استطاعت هذه الاشجار النمو بلا تربة أو ماء حتى غزت كل شبر من السفينة بل واين ذهب طاقمها بالضبط ؟؟ ألغاز خلف ألغاز لا حل لها.

قرر ان ينهض لينضم للرجال ولكن ما ان رفع رأسه حتى رفع الجزع امامه رأسه هو الأخر وقبل ان يأتي وليم بأي حركة أو صوت يدل على ذعره ودهشته من هذا التحول المفاجيء ومض أمام عينه ضوء قوي واجتاح عقله تيار بارد شل لسانه واختفى في الوميض الرجال والسفينة والوجه الخالي من الملامح للشجرة الغريبة فقط احتل عالمه كله ضوء مبهر اصاب عقله بالتبلد والذهول قبل ان يسقط...

ويسقط...

بلا توقف وكأنه يسقط من حالق في بئر بلا قرار

*****

(٥)

جاء اليوم المشئوم..

انا اليوم اقف في جيش الشيطان.. بين صفوف قواته.. لنا نفس العدو.. ونتحمل ذات التبعات..

نعم انا اليوم جندي من جنوده ولم اكن في الامس البعيد الا طفلا يلهو في قريته.. اعمارنا طويلة... لا اعرف لي ابا ولا اما.. ولم يعرفهما احداً من رفاقي أو عشيرتي... فنحن ابناء الطبيعة نأتي من لدنها وننتهي في ترابها..

كنا عشرون.. اخر من تبقى من امم السابقين التي عاشت قروناً على هذه الأرض قبل أدم وقبل الشيطان وقومه ايضا.. فنحن اخر الاوائل والاقرب إلى الفناء ككل من سبقنا من امم..

واليوم يوم المعركة.. لقد جمع الشيطان كيده ضد ابن ادم مهلائيل.. وامام اسوار اول مدن ولد أدم على الأرض..بابل العظيمة.. احد المدينتين التين بناهما مهلائيل ــ مدينتيبابل والسوس الاقصى ـ وقفنا..

جيش عظيم بمقاييس هذا الزمان.. جمع كل اعداء ابناء أدم على الارض.. لقد اخضع الشيطان مردة الجن والعفاريت حتى كلاب الحن وسفلتهم انضموا لهذا الجيش.. فاليوم يوم المعركة

حتى ان بعض بني أدم من ولد قابيل الذين اغواهم الشيطان فضلوا واضلوا يقفون الأن بين المردة يحاربون اخوانهم حقا لا كذب.

ونحن..

لم ننضم مختارين بل مهزومين مجبورين فلقد اباد في الماضي مردة الجن أممنا وطردونا من الأرض التي نبتنا عليها إلى اطرافها واقاسيها وحتى هناك لم نسلم فهاجموا أخر بقايانا في اقصى الارض.

وأسرنا..

ولا سبيل لحريتنا إلا هذه المعركة.. لا سبيل إلا اتباع الشيطان إلى معركته الاولى والأبدية ضد أبن أدم.. ضد مهلائيل..

مهلائيل بن قينان بن أنوش بن شيث بن أدم، اول من قطع الاشجار وادخلها في البناء واول من بنى المدائن والحصون الكبار، واول من اتخذ تاجا على رأسه..

كان الشيطان يتحرك بيننا مشجعا ومنذرا.. لا مجال للتخاذل اليوم والا فالويل كل الويل، مردة عتاة وعفاريت سحرة والكثير من الجن الذي جمعه من الجزر المنفية

يا الله.. رهبة شديدة شملتني، تتدفق في ذهني ذكريات الماضي البعيد.. نحن امه تورث ذكرياتها بين ما تورث.. ارى في ذهني ما رأه اجدادي منذ وطئوا هذه الأرض حاضرا امامي متى شئت او لم أشاء.

واليوم تزاحمت في رأسي ذكريات عديدة.. وكأنما جاءت من تلك الاعوام السحيقة لتنذرني.. لتذكرني..

اختفت المدينة من امامي والجنود ولم ارى إلا هو...

شاب يافع اقرب إلى الطفولة منه إلى الشباب.. مازال نبتة طاهرة لم تلوثه الايام ولم يرتكب الأثام.. طاهرا كبرعم زهرة تفتح من توه

ولكن..

لم يكن اليوم مناسبا لينمو.. ليزدهر.. ليغرس جذوره في تلك الأرض البكر.

فيومئذا كانت معركة اخرى تدور رحاها فتسحق كل زهرة وكل امل في البقاء

يقفز فوق الصخور والأشجار والقتلى يندفع بسرعة فينزلق اسفل اذرع المردة العظيمة كجزوع الاشجار، ينتصب مرارا ويسقط مرارا ولكنه سيصل

لابد ان يصل

من واجبه ان يصل

لقد هاجم مردة الجن عشيرته.. قبل الاحتفال بيوما واحد.. انهم يقتلون كل ما تقع عيناهم عليه.

الجحيم اندلع فلم يبقى اخضر ولا يابس

اشلاء عشيرته في كل مكان

صراخ الاطفال وصيحات الشيوخ تمزقه

ولكن الامل كله في الكهف.. اخر امل لعشيرته

لقد هاجموهم قبل احتفالهم باليوم العظيم الذي تبذر فيه بذورهم في الأرض الطيبة

لتخرج جيلا جديدا يحمل عبأ بقاء العشيرة

ولكن هذا الجيل لن يرى الشمس إن فشل في الوصول إليه

يجب أن يحمي ما تبقى

يجب ان يحمي المستقبل

مستقبلهم

يجب أن يصل إلى الكهف

ولكن القدر لم يمهله

سحقته قبضة المردة على مدخل الكهف

وخسر السباق

ومع اخر انفاسه رأهم يدخلون

رأهم يحرقون كل شيء

رأهم يغلقون الكهف بسحرهم

واختفت الرؤى مع انتهاء انفاسه

وعادت المدينة والجند والمردة والشياطين إلى عيني
كأخبث ما رأيت في حياتي الطويلة

المردة والشياطين الذين قضوا على عشيرتي يوما
واسروني ورجالي لنخدمهم واليوم نحارب من أجلهم

هذه ارضنا

منها نبتنا وفيها نموت

لن نحارب اليوم من اجل الشيطان

لن نحارب ولد أدم

سنقوى

سنعود

أمم قبلكم

ليس اليوم ولكن في القريب

وانطلقت صيحة الشيطان بالهجوم لترددها صيحات القواتالملعونة

لا امل لأبن أدم اليوم

ولا امل لنا ولكني اتخذت القرار

اشرت لرجالي وانسحبنا في هدوء، لم يلحظنا أحد وسط وطيس المعركة

قطعنا اميال كثيرة مبتعدين عن كل ما يجري من حولنا اعي

كل الصراع والحروب والدمار

كنا مثلهم ففنينا والان جاء دورهم

لقد انسحبنا من معركة الشيطان وليكن انتقامه مهولا

ولكني لا آبه

فاليوم جاء لاحمل في داخلي بذرة

هي الامل في الغد

هي الأمل في البقاء

هي الأمل ان نستعيد ما كان لنا يوما

في أحد الكهوف على بعد اميالاً واميال اجتمعنا

كهفا عميقا رطبا لا يصلح مرتعا لبذرتي

أملي القادم

ولكنه المأوى الذي وجدناه بعيدا عن اعين اعوان الشيطان

وليكونن انتقام الشيطان عسيرا

في ظلام الكهف اعطى كل منا هبته

جزء من ذاته

بعض كيانه

للأمل القادم

ستحمل بذرتي كفاح ٢٠ امة فانية، وتاريخها

واملها في المستقبل، وقدرها البعيد

اعطوها القدرة على الاستمرار والتشكل

اعطوها القوة

اعطوها علومهم وتاريخهم

واعطيتها ذكرياتي وحبي

ومهمة اخيرة

أن نعود

وبنينا من اجسادنا مرتعا لها

لتنمو وتزدهر

وانتصب اقوانا حراسا لها

وشاء الله فوق مشيئتنا

لم نعلم ـ وكيف لنا ان نعلم ـ ان الشيطان اندحر، انهزم جيشه وتفتت، وتبعثر في ارجاء الأرض، وخنس الخناس فلم يعلم له اثر، وبقينا في مكاننا نحرس الأمل، سنوات

وسنوات ننتظر اللحظة المناسبة، وننتظر عقاب ابليس لنا، تساقطنا الواحد تلو الاخر نختلط بالتراب واديم الأرض.

وجائت رحمة الله على من بقى منا، فسقطنا في سباتاً عميق

وهذه قصتنا

التي لم تقصص على قلب بشر

******

وسنوات ننتظر اللحظة المناسبة، وننتظر عقاب ابليس لنا،

(٦)

تطلع سعيد في مرآة السيارة إلى وجه مريم التي اراحت رأسها على كتفه واسبلت جفنيها واستسلمت لنوم عميق وابتسم في نفسه وهو لا يصدق ان ذلك الملاك الرقيق بات من نصيبه، هو سعيد الذي تضافرت قوى الدنيا لتجعل حياته تعيسة، لم يكن له نصيبا كبيرا من اسمه إلا اليوم الذي اقترن فيه اسم مريم باسمه للأبد، كم كان يتمنى ان يرى ابويه زفافه إلا ان شاء القدر ان يحرمه منهما دفعة واحدة في حادث اليم ادى إلى فقده كل دعمه في الحياة ولولا رعاية الله ودعم ابيه الروحي د. حاتم ما كان وصل اليوم لما هو عليه من درجة علمية ولا فاز بعروسه الذي تأجل زفافه بها عدة مرات حتى كاد ان يخسرها للأبد.

تحسس اثار ندبه صغيرة بقت في عناد على وجهه لتذكره بمغامرته السابقة مع شيطان رجيم كاد فيها أن يؤذي مريم بيده بعدما سلبه ذلك الشيطان عقله، حمد الله في سره ان الله حماها منه ومن الشيطان لتكون اليوم بين ذراعيه زوجة وحبيبة.

تنهد وهو يتحسس وجنتها برفق باطراف اصابعه ثم يطبع قبلة على غرتها فتبسمت دون ان تفتح عينيها مما انبئه انها استيقظت فقال بصوتا خفيض حتى لا تجفل :

- ملاكي انفضي ثوب النعاس فأمامنا احد اللجان

اعتدلت في جلستها متخلية عن ذراعه واخذت تضبط زينتها امام المرأة وهي تسأله :

- هل اقتربنا ؟؟ لقد اصابني الارهاق حقا، اتدري كم نمت؟

- ليس كثيرا، لقد عبرنا للتو نفق الشهيد احمد حمدي ونحن نتجه الان إلى قلب سيناء
- انحن في سيناء حقا؟

ضحك سعيد ملأشدقيه وهو يجيبها :

- كم احب براءتك، بالطبع نحن في سيناء الان وبعد ساعات قليلة سنصل إلى طابا لنقضي اجمل ايام حياتنا، اعدك انها ستكون اياما لا تنسى

تنهدت في شوق لبدء شهر العسل الخيالي الذي وعدها سعيد به والقت برأسها مرة اخرى على كتفه واحتضنته في شوق قبل ان تعتدل مرة اخرى عندما بدا اول الكمائن في الأفق.

*****

على ضفاف بحيرة طبرية توقفت.. مرت سنوات طوال منذ استيقظت في هذا الكهف.. انتقل من مكان إلى مكان.. اسير بينهم.. لم يعرفني احد.. اتقنت التخفي.. وصار الامر سهلا.. حفنة من البهائم لا تعي.. تعلمت الكثير عن تاريخهم.. وحضارتهم.. عن قرءانهم ورسولهم.. لماذا اختارهم الله ليخلفوه في الارض ؟؟ لم افهم.. لقد كنا هنا قبلهم.. على هذه الارض.. ارتكبوا المعاصي وسفكوا الدماء كما سفكنا... اكثرهم كافر لا يعبد الله إلا شكلا.. لايدافع عن دينه إلا عندما يأمن من الأذي.. تكاثروا حقا وملئوا الارض وعمروها.. وافسدوها.. كل ذنبا فعلناه فعلوه مرارا.. فلما ؟؟ لماذا هم وليس نحن ؟؟ لما سلط الله علينا الشياطين والجان ؟ لما فنينا وبقوا هم؟ تطورت حضارتهم كثيرا صارت لهم علوم.. اساطين وجيوش.. سفن تمخر البحار.. والات تنقب الارض.. صعدوا الي الفضاء.. وصار التغلب عليهم عسيرا.. صارت المهمة مستحيلا..

كان الجوع ينهشني.. لقد تغيرت عن اسلافي.. صرت احتاج الي الحياة.. لم تعد الارض والماء تكفيني وان كنت لا استغني عنهما.. بين مجموعة من الشجيرات اندسست.. القيت جذوري واستقيت.. تفرعت اوراقي وكمنت.. لن يلحظني احدا منهم بين الشجيرات إلا اذا اندس بينها متحققا.. ولم اكن ابغي احدا منهم.. لم استطع قتلهم رغم جوعي.. ان تقتل كائنا يعي ان له ربا.. لقد ارتكبنا ما يكفي من الخطايا.. ودفعنا الثمن بارواحنا.. اليوم يوم نكفر عما مضى.. سنعود الى الارض التي لوثوها بدمائهم وعلومهم الزائفة.. ليس الان ولكن في القريب عندما اصل.. يوم تنبت بذورنا في رحم الارض سنعود..

الجوع.. الجوع يدفعني دفعا لسفك الدماء ولكني اصبر.. بالقرب مني جواد نافق تحلل جسده قرب المياه ولكني لا استثيغ الجثث.. لا روح فيها وانا امتص الحياة.. اقترب من مكمني في رفق.. ضئيل ولكنه يكفي.. عله يشبع بعض جوعي.. يتشمم الهواء حوله.. ضئيل ولكنه غبي.. لا يشعر بالخطر الكامن.. اقترب من مخبأي يبحث عن طعام.. مددت جذوري.. احط به في حرص.. لم يشعر بي وانا اتسلل من تحته بهدوء.. وفي الثانية التالية كان قد سقط في الفخ.. احكمت قبضتي على جسده.. صرخ صرخة باهتة قبل ان يهمد تمام.. الأن اشبع جوعي ونهمي.. صرت اقوى.. صرت افضل.. كلما امتصصت حيوانا امتصصت معها حياته وذكرياته.. ولكني لم افهم ابدا لما تستسلم الحيوانات لبني ادم.. رغم القوة التي تسري في اجسادهم.. خاضعون لا يتمتعون بالذكاء..

فجأة سمعت النداء.. لقد اقتربت كثيرا.. انهم هناك.. نداء يملأ كل حواسي.. وهل اقوى ألا أجيب.. نهضت وقد صار القط جسدا بلا روح.. الأن اكمل رحلتي.. لاوقت للراحة.. ان اليوم قريب.. وسوف نعود... مهما بدا هذا مستحيلا

*****

(٧)

في احد احياء القاهرة القديمة وامام احد البنايات الشاهقة الحديثة التي غزت الطابع القديم لمباني الحي فبدت متناقضة بارزة مختلفة عن كل ما حولها من مباني توقفت سيارة اسعاف تلألأت اضوائها في الشارع الموحش لتبدد بعض ظلمة الليل ووقف سائقها بجوارها في خمول من اعتاد الامر فلم تعد تؤثر فيه مصائب القدر التي تحل بالأخرين ربما يوما ما هو نفسه سيرقد في تلك السيارة التي يقف على بابها ولكنه لا يحسب لذلك حسابا الأن وهو يمضغ لفافته في ضجر، لم يحب يوما الاستدعاءات الليلية التي تنتزعه انتزاعا من فراشه الدافيء ليجول الشوارع بعد منتصف الليل ولكنه لا يملك الاعتراض على فواجع القدر او على اوامر مدير المستشفى الجامعي وخاصة ان المريض احد اعضاء هيئة التدريس ذوي المكانة المرموقة والقيمة العلمية العظيمة.

زفر في خلاص عندما رأى المسعفان يهرعان يحملان المحفة بحملها الثمين يجري خلفهما بعض السكان الذين تضافروا لمعاونة المريض ورجلي الاسعاف في حين رقد المريض الهام على المحفة وقد غطى وجهه قناع الاكسجين التقليدي وغاب عن الوعي تماما وقد نبتت على جبهته بعض حبات العرق رغم برودة الليل موشية بالالم الذي تعرض له قبل فقدانه لوعيه وبجوار المحفة ركض د. حاتم ممسكا باحد كفي المريض وهو يربت على كتفه في وجل، وما ان وصل المسعفان إلى السيارة التي فتح سائقها مصراعيها الخلفيان كجناحي دعسوقة لتلتقم في ضجة اصدرتها عجلات المحفة على ارضية السيارة صديق د.حاتم وكاد المسعف ان يغلق الباب إلا ان الطبيب الشاب

المصاحب للسيارة قال في فتور وهو يمنع المسعف من غلق الباب :

- هل هناك احد من اهله ليركب معه ؟

اندفع د. حاتم من بين اهالي العمارة وقال بصوته الجهوري بسرعة متلهفة :

- لا ليس معه احد من اهله انا سأذهب معه انا صديقه.
- ممنوع يا هذا هذه ليست سيارة اجرة اهله فقط من يسمح لهم بركوب السيارة.

كاد د. حاتم ان يتشاجر معه لولا ان سمع سعال صديقه وهو يهتف بأسمه من داخل السيارة فقفز رغما عن سنه الكبيرة واعتراض الطبيب وركب السيارة فتبعه الطبيب متأففا يتبعه المسعفان فاغلق السائق الباب وهو يئن من الغيظ على الساعات المهدرة من وقت راحته وانطلقت السيارة ود. حاتم مازال ممسكا بكف صديقه الذي بدأ يفيق قليل فربت د. حاتم على كفه وهو يقول :

- هيا صديقي لقد اقلقتنا،عليك أن تكف عن هذه الافعال الصبيانية.

ضحك الرجل في الم ممزوجاً بسعال خفيف قبل ان يشير إلى د.حاتم بالاقتراب منه وهو يقول هامسا :

- اسمعني جيدا أنا لن انجو هذه المرة لقد غزا الطفيل كل جزء في جسدي لم يعد لدي إلا انفاس معدودة...

توقف عن الحديث اثر نوبة من السعال فربت د. حاتم على كتفه محاولا تهدئة انفعاله قائلا :

- د. محمود لا داعي لهذا التشائم إن هي إلا ازمة قلبية عابرة ستشفى منها سريعا وستعود الينا إن...

قاطعه د.محمود بحزم وقد تقلصت قبضته على يد د.حاتم وتسارعت انفاسه تسابق كلماته قائلا :

- ليست ازمة قلبية انا اعرف ما ألم بي.. انه الطفيل.. يجب ان تعود إلى شقتي.. يجب ان تحرق كل شيء يجب.. ان تنهي هذا الكابوس بأسرع وقت.. اقتله يا صديقي.. اقتله قبل ان يدمر حياة الابرياء لعل هذا يكفر عما اقترفته في حقهم ان ال..

وشهق فجأة قبل ان يرتخي جفنيه وتسقط كفه من يد د. حاتم الذي شهق بدوره والدموع تسيل من عينيه في حين هجم الطبيب بسرعة على الجسد الهامد محاولا انعاش قلبه وصوت صفير الاجهزة معلنة ان لا امل في المحاولة لقد رحل د. محمود عن عالما ولاسبيل للعودة.

انهى د. حاتم الاجراءات في المستشفى ولما لم يكن يعلم احدا على قيد الحياة من اقارب الرجل فلقد ترك الأمر لإدارة المستشفى فالرجل من كبار علمائها وبالتأكيد لديهم ملف خاص به في ادارة الجامعة يمكن من خلاله الوصول إلى من يتولى امر الجثمان الراقد بالمشرحة والذي حدث بالفعل عندما رأى من خلال جفونه المنتفخة اربعينية حمقاء جميلة المظهر متأنقة بشدة لا تتناسب مع الظرف الحالي تندفع في وجل إلى داخل الاستراحة التي رقد – د. حاتم – على احد مقاعدها في حزن يغالب النعاس بدت

كإعصار هب على روحة الخامدة وهي تصرخ كصافرة انذار اصابها العطب فاسرع يهدأ من روعها قبل ان يطردا من المكان كله وبعد ان جلست وهدأت قليلا بدأت الحديث قائلة :

- لم اتوقع هذا كان يجب ان يأتي ليعيش معي ان رجل بهذا العمر لا يجب ان يبقى وحيد اه يا محمود كيف تتركني وترحل في هذ الدنيا بلا سند...

واستمرت في ولولة مستمرة شعر معها د. حاتم انها تبكي لحالها وليس على الفقيد فقال لها مقاطعا وصلة النحيب :

- البقاء لله ان لله وانا إليه راجعون لا مناص من الموت وكلنا موتى اعرف ان الامر جلل ولكن تماسكي قليلا من فضلك هل انت من اقارب الفقيد ؟

ردت وسط دموعها :

- نعم انا اخته.
- لم اراك من قبل ولم يذكر شيئا أن له اختا.
- لقد كنت اعيش بالخارج حتى فترة قريبة لماذا هذا التحقيق.

ارتبك د. حاتم وقال متلعثما :

- لا شيء فقط اندهشت قليلا فانا صديقه منذ أن كنا في الجامعة لم انقطع عنه إلا عندما سافر إلى الولايات المتحدة وطوال تلك الفترة كنت اظنه وحيدا بلا اخوة فهو لم يتكلم ابدا عن اخوة.. !!

نظرت إليه نظرة لم يعرف طبيعتها قبل ان تهبط بنظرها إلى الارض قائلة :

- كان بيننا خلافات .

شعر د. حاتم ان الامر لا يحتمل المزيد من الاسئلة فمد يده بأحد بطاقته اليها قائلا :

- اسمعي ان احتجتي اي شيء لا تفكري كثيرا اتصلي بي على الفور انه صديق عمري وسأبقى معك حتى نقوم بالدفن الكم مقابر خاصة؟

تناولت البطاقة منه دون ان تنظر اليها وهي تنهض قائلة :

- شكرا يا استاذ لكننا لن ندفنه هنا سنعود به إلى مسقط رأسه لا داعي لتزعج نفسك بالبقاء يبدوا عليك الارهاق انا انتظر بعض رجال العائلة وسيقومون بما يجب القيام به شكرا لتعبك لقد قمت بواجبك وزيادة ولا حاجة للمزيد من التعب .

لم يستوعب د. حاتم ماقالت السيدة،هل تطرده ؟؟! فقال بسرعة مستدركا :

- بالطبع سأبقى قلت لك انه صديق عمري سأذهب معكم إلى اي مكان حتى نتم الدفن والصلاة عليه هذا مؤكد

اجابت السيدة وهي تلتقط حقيبتها متجهة إلى الباب :

- لا داعي يا د.حاتم شكرا لتعبك يمكنك العودة إلى منزلك سنتولى امر اخي بأنفسنا.

لم يكن ما قالته السيدة ينطبق على اي موقف مر به د. حاتم من قبل فوقف فاغرا فاه مبهوتا من هذا التصرف الغريب وما لبث أن لملم اشياءه وانصرف إلى اقرب مسجد فصلى على صديقه ودعا له كثيرا ثم جلس يسبح الله وصورة هذه السيدة التي لم يعرف اسمها لا تفارقه والغريب انها عرفت اسمه دون حتى ان تنظر بالبطاقة التي قدمها لها مما يدل ان الفقيد ذكره امامها كثيرا — ربما —في حين لم يذكرها امامه قط، ولكنها ابت ان تقدم نفسها اليه إلا بصفتها فقط.!!

كان الارهاق يغزو كل جزء من جسده فرقد على ارض المسجد مستمتعا بالسلام الذي يملأ بيت الله وسرعان ما غاب في نوم عميق

*****

(٨)

في احد القاعات باحد مراكز الابحاث الامريكية التابعة للحكومة الفيدرالية الامريكية وخلف حاجز زجاجي سميك استقر الجسد البالي للضابط وليم شيبرد على كرسي يشبه كرسي طبيب الاسنان عاري الصدر وقد احاط بمعصميه وكاحليه وجذعه قيود جلدية قيدت حركته تماما في حين انتشرت علي صدره ورأسه لاصقات تحتوي مجسات تنقل كل شاردة وواردة في جسده إلى مجموعة من الاجهزة المحيطة به في شكل حرف U بحيث يكون وجهه مواجها للكاميرات الموضوعة امامه وقد اختفت ملامحه وسط شبكة من الاوردة الزرقاء المتشعبة انتشرت على وجهه وفوق صدره وقد زاغت عيناه الحمروان واخذت تتحرك في محجريه بجنون يليق بحاله المتداعي وخلف الحاجز الزجاجي وقف الامريكي د. صمويل بين اثنين من مساعديهمن جنسيات مختلفة يتابع ما تنقله الكميرات والاجهزة إلى الشاشات امامه كانت المؤشرات كلها تشير إلى فشل حاد في معظم الاجهزة الحيوية ولولا الاجهزة المحيطة به بعد ارادة الله لمات من زمن التقط بعض صور الاشعة المقطعية وعلقها على لوحة مضيئة وهو يسأل دون أن يلتفت إلى الخلف :

- ما رأيكما ؟

تنحنح احد المساعدان مستجمعا شجاعته قبل ان يندفع الثاني إلى الاجابة في حماس بلغة سليمة ولكنة اجنبية شرقية:

- من الواضح ان هذا الشيء المتطفل قد غزا جميع اجهزته الحيوية ممتصا حيويتها إلى اخر قطرة ولا سبيل إلى التخلص منه دون قتل العائل فهو

(٥٦)

مراوغ سريع الهرب داخل الجسد ورغم ذلك فنحن عاجزون تماما عن فهم كنه هذا الشيء كل ما نعرفه عنه انه له اصلا نباتيا رغم انه يتصرف كالجراثيم احيانا واحيانا اخرى يوحي بتصرف عاقل ولكننا عجزنا تماما عن الحصول على عينة صالحة للفحص نتيجة لتداخله مع اعضاء العائل مما يجعل اي عملية جراحية استكشافية تهدد بوفاته مع حاله اعضائه المتدهورة ربما بعد وفاه العائل قد نصل لنتائج حاسمة عن طريق التشريح.

التفت د. صمويل إليه ونظر في وجهه طويلا دون ان يبدوا عليه اثر لما قيل قبل ان ينظر إلى المساعد الاخر قائلا :

-   وانت ايها العربي هل لديك ما تضيفه إلى حديث د. جاكوب ولا نعلمه بالفعل.

شعر المساعد الاول بالأهانة فتراجع في سخط بدا على ملامحه في حين اجاب العربي :

-   د. جاكوب شرح الامر في المجمل محاولا ربط المعلومات المتناثرة ولكني لا ارجح الانتظار حتى وفاة المريض اري ان نتحرك على ثلاثة محاور

رفع كفه امام وجهه وقد ثنى اثنين من اصابعه نحو الداخل مشيرا بيده الاخرى إلى سبابته ثم ما يليها مستطردا :

-   اولا :استجواب المريض لمعرفة التاريخ المرضي للحالة وكيف حدثت العدوى.
ثانيا تحليل البيانات والابحاث والبذرة التي تم العثور عليها في حقيبة ظهره فبالتاكيد بها ما يزيل

بعض الغموض عما حدث للضابط وفرقته لذا من الضروري الاطلاع عليها.

ثالثا يجب ان نعرف ما حدث للسفينة التي كلف فريق وليم شيبرد بفحصها وكيف انتهى به الامر ملقى بين الحياة والموت على سواحل فلوريدا

هز د. صامويل رأسه في حين اندفع د. جاكوب مبررا موقفه ومهاجما المساعد العربي قائلا:

- ان الابحاث لا تخص الضابط وليم شيبرد بل هي بعض الابحاث الخاصة ببعض الكهوف الجليدية بالقطب الجنوبي وكذلك البذرة المكتشفة في العلبه مجرد بذرة متجمدة من عصور سحيقة ولا يمكن استنباتها بحال من الاحوال ولم يسفر البحث عن طبيعتها شيئا هذا طريق مسدود بالتأكيد ففحص الDNA الخاص بها يستلزم وقتا طويلا لا يملكه المريض ولا يدخل في اختصاصنا كل ما توصلنا اليه هو ان احد اعضاء البعثة العلمية حاول سرقة الكشف العلمي من رجال البعثة اما السفينة فما حدث معها سري للغاية ولم يتم الكشف عنه رغم محاولاتنا المستميتة.

دافع العربي عن موقفه قائلا :

- لا يمكن فصل الاحداث عن بعضها لقد اصاب الفريق شيئا على تلك السفينة كما اصاب طاقمها من قبل نجا منه وليم شيبرد بهذه الابحاث وهذا الطفيل الذي يغذوا جسده ومجرد بذرة محفوظة في حاوية مغلقة ليستقر على ساحل نائي بولاية فلوريدا الامريكية فكيف بالله عليكم ان نفصل هذه الاحداث عن بعضها وننظر في كل امر على حدة

ما الفائدة من هذه السرية إذا لم نصل إلى نتيجة حقيقية.

اقتحم الغرفة في تلك اللحظة بخطوات عسكرية يصاحبه اثنين من رجاله وهو يقدم نفسه اثناء سيره إلى قلب المكان مثبتا سيطرته وسطوته قائلا :

- ادميرال اوليفر بري القوات البحرية الامريكية هل توصلتم إلى شيء بخصوص الضابط وليم شيبرد يا د. صمويل

اجابه د. صمويل في فتور :

- كنا بانتظار سيادتكم لبدأ الاستجواب سيدي
- حسنا ولكن من الناحية الطبية هل توصلتم إلى ما اصابه
- ما توصلنا اليه قليل نظرا لندرة المعلومات التي لدينا عن تاريخ الحالة كل ما لدينا هو وجود طفيل من اصل نباتي له صفات حيوانية محيرة غزا كل اعضاءة الحيوية يتصرف احيانا بذكاء مستعصي على الفهم وهذا الطفيل يدمر اعضائه الحيوية ببطأ ممتصا الحياة من جسده ويؤسفني ان ان اخبرك ان الظابط اول وليم شيبرد لن يعيش ليرى الصباح نظرا لحالته

ثم اشار إلى الاجهزة المحيطة به مستطردا :

- هذه الاجهزة هيا ما يبقيه حيا بعد فشل الجهاز التنفسي وانهيار الكبد والكليتين ومعظم الاجهزة الحيوية بجسده.

اوماً الادميرال برأسه وهو يقول بغطرسة :

- اي انكم لم تتوصلوا إلى شيء جديد يذكر هل هذا ما تخبرني به د. صمويل.

اجاب د. صامويل في حنق :

- هذا كل ما لدينا نظرا للقصور الشديد في المعلومات التي يصر بعض السادة على اعتبارها سرية للغاية.

اشار الادميرال إلى جسد وليم الراقد خلف الزجاج وهو يقول :

- هل يعي ما حوله ؟؟ هل يمكن استجوابه الان ؟؟
- نعم
- كيف تتواصلون معه

اشار د. صامويل إلى احد الازرار يرتفع بجواره مكبر للصوت على عصا متحركة اقترب منه الادميرال بخطوات سريعة فضغط د. جاكوب بعض الازرار لبدء التسجيل واشار للجنرال بالبدأ فسحب نفسا عميقا زفره في حزن قبل ان يضغط زر مكبر الصوت ليصدح صوته في الغرفة المغلقة قائلا :

- ضابط اول وليم شيبرد هل تسمعني جيدا.

مرت لحظة ظن خلالها الادميرال انه لن يتلقى اي استجابه ولكن قبل ان يعاود السؤال اهتز جسد وليم وشهق بصوت مسموع قبل ان يصدر صوته متحشرجا يختلف كثيرا عن صوته الاصلي قائلا :

- نعم.

جاءت الاجابة منغومة بطيئة ولكنها شجعت الجنرال على الاستمرار قائلا :

- هل تستطيع تقديم نفسك فقط من اجل التسجيلات

مرت فترة من الصمت بدا فيها وليم في صراع مع جسده المتهالك يدفعه دفعا لأصدار صوت قابل للفهم قبل ان يقول :

- انا وليم شيبرد... ضابط اول بالبحرية الامريكية.. على الفرقاطة البحرية الأمريكية ..T.C.Hart بقيادة الجنرال اوليفر بري.

نظر كلا من الطبيب ومساعديه في تعجب إلى الادميرالالذي لم يعيرهم ادنا اهتماما وهو يتابع :

- هل تستطيع اخبارنا بما حدث معك وبالتفصيل قدر المستطاع.

تحركت الاوردة على صدر وليم حركة بطيئة ولكنها ملحوظة وسادت فترة اخرى من الصمت قبل ان يقول :

- استجابت.. الفرقاطة.. تحت قيادة الجنرال اوليفر.. لنداء استغاثة.

صمت لحظة فاستحثة الادميرال قائلا :

- اكمل من فضلك.

جاء الصوت اكثر اختناقا قائلا:

- لم.. نجد.. احد على السفينة.

صحح الادميرال مستفهما حديثه لتصبح التسجيلات اوضح :

- تقصد السفينة التي ارسلت نداء الاستغاثة.
- نعم.
- كم كان عدد الفرقة التي توجهت لفحص السفينة واستكشافها.
- ستة.. كنا ستة.
- وماذا وجدتم على ظهر السفينة.

كانت حركة العروق الزرقاء تزداد وتنتشر على جزعة ووجهه وكانما تعيقه او تمنعه من الكلام ولكنه استجمع قوته ليهتف بكلمة واحدة :

- الاشجار.

رق قلب الادميرال قليلا لحاله صديقه فقال :

- لا بأس انا هنا ويلي يمكنك التحدث الي انا اوليفر اخبرنا ما اصابك وما اصاب الفرقة ارجوك ساعدني كي اتمكن من مساعدتك.

كانت حركة العروق قد تحولت إلى رقصة مجنونة فوق الجذع الضامر للضابط وليم في حين اخذ جسده ينتفض ببطأ فصرخ د. صمويل :

- حذار يا هذا انه على وشك الدخول في احد النوبات انك تقتله.

ارتفعت اصوات الاجهزة العديدة في المختبر برسائل التحذير ولكن الادميرال اكمل متجاهلاً كل هذا قائلا :

- ارجوك يا ويلي اخبرني ما حدث.

كان عقل وليم بدأ يغيب في ذلك الضوء المبهر الذي رآه على السفينة وانطلقت الكلمات من عقالها :

- كنت هناك.. وحولي الرجال.. في قلب السفينة.. عندما رأيتها.. الاشجار الادميه.. لقد كلمتني.. اخبرتني بكل شيء.. لقد جاءوا قبلنا.. اندثروا.. لم يبقى احد.. فقط.. فقط.. خمسة من نسل الملوك.. ونبات الشيطان.. لوث كل شيء..اجبرهم على القتل.. غيرهم.. لم يعودوا هم.. صاروا شيئا اخر.. شيئا مختلف.. ارادو ان احرقها.. السفينة.. احرق كل شيء.. لابد ان تنتهي.. صار كل شيء حطام.. هربت إلى الماء.. ولكني تلوثت.. لم استطع العودة.. لابد ان اموت.. يجب ان تموت.

صار كل شيء ضبابيا واختفى صوته تماما في حين اصدرت بعد الاجهزة صفيرا متصلا جعل العربي يندفع إلى الداخل بسرعة وقفز على المقعد فوق الجسد العاري وهو يهتف طلبا لحقنة من الأدرينالين في حين بدء يضغط بمجمع كفيه على صدر وليم في ضغطات متوالية محاولا انعاش قلبه المهترئ كان جاكوب ود. صامويل قد لحقا به بعد ان ارتديا بعض الملابس العازلة وغرس احدهم المحقن المعبأ بالإدرينالين في منتصف الصدر تماما في حين بقى الادميرال بالغرفة الاخرى يراقب محاولات انقاذ صديقة بعين دامية ولكن بعد دقائق من المحاولة ربت د. صمويل على الطبيب العربي المستميت في محاولة الانعاش قائلا :

- د. محمود لقد انتهى الامر رفقا به لقد مات.

ثم رفع صوته بتاريخ وساعة الوفاة ثم نظر إلى د. محمود قائلا:

- يجب ان نفحصك لقد دخلت الغرفة بلا ملابس عازلة تعالى يا صديقي.

لكن د. محمود ازاح يده في حنق قائلا :

- انه طفيل وليس فيروس.

وخرج بخطوات سريعة في حين اندفع مجموعة من الطاقم الطبي في ملابس مجهزة إلى الغرفة للتعامل مع الجسد البالي الذي فارقته الحياة منذ لحظات ونقله إلى المشرحة لبدء الدراسة الفعلية التي ربما تكشف اكثر عما حدث فاشار د. جاكوب اليه وهو يجذب د. صامويل قائلا :

- د. صمويل العروق لقد اختفت تماما.

حدق د. صمويل في الجثه الهامدة التي رغم شحوب الموت الذي اعتلى وجهها بدت نقية تماما من العيوب بلا عروق زرقاء باستثناء هذا الجرح الصغير فوق صدر الجثة في موضع القلب تماما.

تماما حيث كان د. محمود الشاب يضغط منذ لحظات محاولا انعاش القلب.

د. محمود الذي اندفع خارج المركز ممسكا بيده المجروحة.

د. محمود الذي لم يعد ابدا ولم يعثر له على اثر.

*****

(٩)

كان الوميض لا ينقطع من بعيد ف الظلام وهو يقترب ظن في البداية انها سيارة اتية في الطريق المقابل ولكن بعد لحظات اكتشف أن الضوء الوامض لا يتحرك.

ايقظ مريم في هدوء قائلا :

- مريم حبيبتي هناك شيء امامنا لا ادري كنهه.

اعتدلت مريم محاولة التخلص من اثار النوم وهي تنظر امامها قائلة:

- ماذا هناك يا حبيبي هل وصلنا.
- لقد اقتربنا جدا نصف الساعة ونكون في طابا ولكن انظري إلى هذا الضوء الوامض من بعيد.

ركزت مريم بصرها لم يكن الضوء خافت رغم المسافة بدا واضحا ينعكس على الطريق الجبلي الذي يسيران فيه وساعد اختفاء القمر والظلمة على رؤيته بوضوح من بعيد.

- ربما احد علامات الطريق.

هز سعيد رأسه قائلا :

- لا نحن لم نرى اشارة وامضة بهذا الشكل طوال الطريق هذا شيئا اخر اعتقد انها سيارة ومن شكل الضوء اعتقد انها مقلوبة على جانبها.

انزعجت مريم وهتفت :

- يالا الهول سيارة مقلوبة ابطأ السرعة يا سعيد هذا الطريق خطر لقد سمعت عن كثير من الحوادث في هذا الطريق.

- لا تخشي شيئا .. لقد اقتربنا .

كان بالفعل قد اقترب من مصدر الضوء وبدء المشهد يتضح عنحافلة سياحية حديثة قد انقلبت علي جنبها بعرض الطريق مغلقة اياه تماما تقف بجوارها سيارتي اسعاف بدتا عاجزتين عن استيعاب اعداد المصابين وان حاول المسعفون انقاذ ما يمكن انقاذه ومدواة المصابين في حين تراصت على جانب الطريق عدد من الجثث التي قضت نحبها في الحادث وعلى الجانب الاخر من الطريق وقفت سيارة شرطة ترجل عنها افرادها وانخرطوا في مساعدة المصابين واخراجهم من حطام الحافلة .

كان المشهد مروعا والانات والصرخات ترتفع من كل مكان والمسعفون يجرون فعليا بين الجرحي يحاولون تقديم المساعدة وزاد من حدة التوتر الاضواء المتقطعة التي يصدرها مصباحي الحافلة الاماميتين والذين امتزجا بأضواء سيارتي الاسعاف فصنعا ضوضاء بصرية لم تتحملها اعصاب احد الضباط فصرخ قائلا :

- فليوقف احدكم بالداخل هذه الاضواء إن الموقف لا يحتمل ارجوكم.

اوقف سعيد سيارته مرغما فلم يكن هناك سبيل لمرور السيارة كما ان روح الشهامة المصرية حثته على الوقوف ومحاولة تقديم المساعدة فنزل من السيارة على صوت صراخ الضابط فهتف بمريم :

- ابقي بالسيارة يا حبيبتي لا يجب ان تري هذا.

ولكن هيهات فما ان نزل من السيارة حتى تبعته مريم وهي تمسك بصدرها في جزع ولوعة على المصابين والموتى.

اسرع سعيد إلى الضابط الذي صرخ منذ قليل وخاطبه قائلا :

- اسمحلي لا يمكن اغلاق الاضواء لن نرى شيئا في الظلام.. اين يمكنني تقديم المساعدة.

زفر الضابط في ارهاق وقال :

- ليس هناك الكثير مما يمكن تقديمه لقد استنفذت سيارتي الاسعاف ما لديهم من ضمادات وعقاقيرطبيه ونحن ننتظر المدد من المستشفى القريب كما ان احد سيارات انقاذ الطريق قد تحركت بالفعل لتزيح الحافلة وعما قريب سيتم فتح الطريق مرة اخرى لا تقلق فقط ابقى في سيارتك حتى ينتهي الامر لا احد يضمن الا تشتعل النيران في الحافلة في اي لحظة.

وقبل ان يتم عبارته سمع الجميع صوت بكاء طفل او طفلة من داخل الحافلة فصرخ الضابط :

- ياللهول لقد ظننت اننا اخرجنا الجميع.

ورد في ذهن سعيد انه هذه فرصته لتقديم المساعدة فالجميع مشغولون بشدة فاندفع يعتلي الحافلة والضابط يتبعه لينزلق من احد النوافذ المحطمة وهو يسمع مريم تصرخ باسمه في لوعة ولكنه لم يتوقف لحظة.

بداخل الحافلة كان كل شيء مقلوبا رأسا على عقب ورغم الاضواء الراقصة بالخارج إلا ان داخل الحافلة كان شبه مظلما.

تحسس سعيد طريقه بين حقائب اليد ومتعلقات الركاب متتبعا الصوت وهو ينادي على الطفل او الطفلة فلم يستطع التمييز حتى وصل إلى كومة من الحقائب وقع في نفسه ان الصوت يصدر عنها.

سمع الضابط ينادي من الاعلى حيث وقف فوق الحافلة هاتفا :

- هل وجدته؟؟ اسرع يا هذا ان المكان خطر وقد ينفجر في وجوهنا.

ازاح سعيد الحقائب بسرعة ليجد طفلة صغيرة لا تتعدى اعوامها اصابع اليد الواحدة ترتدي ملابس خشنة والدماء تنزف من جرح قطعي برأسها ما ان رأته حتى انكمشت في خوف وهي تصرخ في فزع رق له قلب سعيد لا ينبغي في هذا السن ان تتعرض لمثل هذا الرعب ولكنه قدر ان الوقت غير ملائم لتهدئتها فالتقطها بسرعة وهي تتملص بعنف وتضربه بيديها الصغيرتان على صدره واسرع إلى النافذة التي دخل منها وما أن رأه الضابط حتى مد يده عبر النافذة المحطمة هاتفا :

- احسنت يا رجل ناولنيها بسرعة.

رفع سعيد الفتاة الصغيرة لتلتقطها يد الضابط ويخرجها من الحافلة ثم تسلق سعيد المقاعد حتى خرج هو الأخر توقع ان يجد من يبحث عنها وينادي على الطفلة ويتلقفها بالاحضان ولكنه لم يجد احدا بالأنتظار غير مريم التي التقطت الطفلة من يد الضابط واحتضنتها في قوة وهي تتلفت بحثا عن سعيد والدموع تملأ عينيها وما ان رأته يلمس الأرض بقدميه حتى اسرعت وهي تحمل الطفلة

لتلقي بنفسها بين زراعيه وقد اطلقت العنان لدموعها فاستقبلها سعيد بين ذراعيه وقبل رأسها وهو يقول :

- لا تخشي شيئا أنا بخير لقد مررنا بما هو اسوء اليس كذلك .

ثم ربت على راس الطفلة وهو يبتسم لها مشجعا بعد أن هدأت قليل بعد أن خرجت من الظلام إلى النور واستسلمت لذراعي مريم وهي تنشج في بطأ فاستطرد قائلا :

- يا لها من بداية لاسبوع العسل.. لا تقلقي يا صغيرتي سنجد امك بسرعة.

ربت الضابط علي كتفه قائلا :

- هلا اخذتها إلى المسعفين أن سيارت الانقاذ السريع قد وصلت وكذلك بعض سيارات الاسعاف سرعان ما تواصلون طريقكم ان شاء الله.

لم يكن هناك مجال للشكر ولم يكن سعيد ينتظره على أي حال، هتفت مريم وهي لا زالت تحتضن الطفلة بشدة :

- سأخذها أنا لا تقلق عليها فقط حاول البحث عن امها اخشي ان تكون....

ترددت في نطق الكلمة فربت سعيد على كتفها مشجعا فانطلقت بها إلى المسعفين وتحرك سعيد مع الضابط لمساعدة الرجال وهم يربطون الحافلة بالونش الخاص بسيارة الأنقاذ وبدأ ان الامر اصعب مما ظنا فحجم الحافلة ووضعها على جانبها جعل المهمة عسيرة التفت سعيد إلى الضابط قائلا :

- يبدوا اننا سنحتاج لأعادة الحافلة فوق اطارتها هلا اخبرتني كيف حدث هذا ان هذا الجزء من الطريق اوسع كثيرا من مناطق كثيرة مررنا بها ! .

اجابه الضابط وهو منهمك في توجيه الرجال :

- سائق عديم الخبرة اغتر بالجزء المتسع من الطريق ولم يلتزم بحدود السرعة .

ثم اشار إلى صخرة صغيرة ضعفي حجم كرة القدم استقرت على جانب الطريق قرب المنحنى واستطرد قائلا :

- حتى أنه لم يخفف السرعة في المنحنى كما يجب ففوجيء بهذه الصخرة التي سقطت عن جانب الجبل والتي كانت كافية تماما مع سرعة الحافلة لقلبها على جانبها كما ترى واستمرت في الزحف على الاسفلت الذي امتلاء برمال الجبل بفعل القصور الذاتي لتصطدم بالجانب الأخر من الطريق هكذا .

زم سعيد شفتيه وقال معقبا :

- انه وضع صعب على الجميع هل هناك من فارق الحياة .

تنهد الضابط وهو يقول :

- فقط ٥ من اصل ٤٦ راكب منهم السائق نفسه الذي مات فور الاصطدام بالجبل ولكن الاصابات كثيرة .

اقتربت مريم من سعيد ونادته في خفوت فاستأذن الضابط
واسرع يلبي نداءها فسالته على الفور :

-   هل عثرت على اثر لأهل الطفلة ؟؟.

ارتبك سعيد ولكنه اجاب :

-   في الحقيقة لقد نسيت انشغلت مع الرجال اسمعي
    لنترك لهم هذه المهمة ان الطريق سيفتح بعد قليل
    وسنواصل رحلتنا ألا تريدين ان نصل إلى طابا
    لنبدأ شهر العسل يا عروستي الجميلة.

ابتسمت مريم وهي تذكره :

-   اسبوع العسل تقصد.
-   ياللك من جاحدة انه سيكون اروع اسبوع في حياتك
    اعدك بذلك.
-   ولكن..

ربت سعيد على رأسها وهو ينظر في عينيها متسائلا:

-   ماذا هناك ؟ هل حدث شيئا ؟.
-   تلك الطفلة.
-   ماذا بها ؟.

زفرت مريم في ضيق قبل ان تجيب :

-   لا استطيع أن أتركها قبل أن نعثر على اهلها انها
    رقيقة جدا وجميلة جدا لقد اسرتني تماما بجمالها
    ارجوك ابحث عن اهلها.
-   حسنا اين هي ؟.

قفزت مريم في مرح وهي تهتف :

- حقا ؟ .

- هذا افضل من أن تطلبي مني اصطحابها معنا اليس كذلك .

اصطحبته مريم حيث التقى الطفلة بملابسها الصبيانية الخشنة ـ التي تناقضت بشدة مع رقتها الظاهرة ـ متسخة وكأنما مسح بها ارضية الحافلةوامسك إحدى يديها ومريم اليد الاخرى ومضيا يطوحانها والطفلة تضحك في سعادة صافية ولكن بعد نصف الساعة وسؤال كل من نجا من الحادث سواء مصاب او معافى لم يتعرف عليها احد فجلس سعيد مرهقا فوق احد الصخور وبجواره مريم في حين وقفت الطفة امامهما في هدوء مريب فلا هي تبكي او حتى تسأل عن ابويها كما ينبغي لطفلة صغيرة فقدت اهلها للتو فشرع سعيد يتأملها.

شعرها ذهبي مجعد قليلا زُين جبينها بضمادة صغيرة وضعها احد المسعفين وعينيها واسعتان عسليتان بريئتان تماما لازالت تتطلع إلى الحياة بتعجب وشغف وانف صغير اقني وشفتان رقيقتان ولكن ما زاد من جمالها بشرتها البيضاء الشفافة حتى انك تستطيع رؤية بعض الشعيرات الدموية اسفل الجلد كانت بالفعل جميلة ورقيقة جدا هشة لأقصى حد وللحظة شعر انه مرتبط بها بشدة ولا يمكنه التخلي عنها ابدا نظر إلى مريم فوجدها هي الأخرى مأخوذة بها تتأملها فتنهد قائلا :

- يبدوا ان اهلها ضمن من.....

تفادى نطق الكلمة أمام الطفلة ولكن مريم فهمت قوله فسألته في قلق ظاهر:

- والعمل ؟ سعيد انا لا استطيع ان اتركها لتنام على مقعد في قسم الشرطة حتى يصلوا لأهلها من سيطعم تلك الفراشة ويعتني بها ارجوك يا سعيد فكر في حل.

سأل سعيد الطفلة :

- ما اسمك يا قمري ؟.

اشارت الطفلة إلى ساعدها فوجد اسم نور فقط موشوما على ساعدها فهتفت مريم باستنكار :

- من يوشم طفلة بهذا السن هذا مؤلم.

استكمل سعيد استجوابه للطفلة قائلا :

- حسن يا نور هذا اسمك هل تعرفين اسم بابا ؟.

هزت الطفلة رأسها بالنفي فعاود سؤالها :

- ماذا عن ماما هل تعرفين اسمها ؟ هل تعرفين اين هي ؟.

نظرت الطفلة إلى السماء وهي تتنهد وتهز كتفيها في رقة آسرة

- هل تعرفين اين تسكنين ؟.

عاودت الطفلة هز كتفيها فنظر سعيد إلى مريم وهو يهتف :

- كيف لا يعرف طفل بهذا السن اسم ابيه وامه.

اجابته مريم :

- احيانا ما يحدث هذا فالطفل يعتاد على قول بابا
وماما وينسى الاباء كثيرا تعديل المعلومة في
رؤوس الصغار الأمر اكثر مما تتصور فكثيرا ما
نسمع عن طفل باحد الاقسام يحاولون الاستدلال
على احد معارفة من خلال صورته لان الطفل لا
يستطيع الادلاء بأي معلومات عن اهله غير كلمتي
بابا وماما.

نظر سعيد إلى عينيها الجميلة ــ مريم لا الطفلة ــ للحظات
ثم تنهد قائلا :

- يبدوا اننا في النهاية سنفعل ما خشيته... سنأخذها
معنا.

قفزت مريم من الفرحة ثم عانقته في حرارة واسرعت
بالطفلة إلى السيارة واتجه سعيد إلى الضابط ليبلغه
بقرارهما، لم يعترض الضابط ولكنه اخذ منهما معلومات
كاملة عن شخصياتهماوعملهماواماكن تواجدهما هنا وفي
القاهرة كما حصل على صور لوجه الطفلة وسعيد ومريم
وبطاقات هوياتهم الشخصية بهاتفه الشخصي وانبأهما انه
سيتواصل معهم في حال توصل لأي معلومات والأمر لن
يستغرق يومان فلابد ان الطفلة ركبت من الفندق الوحيد
بطابا ومن السهل الاستدلال على هويتها هناك.

كان الرجال قد نجحوا في فتح الطريق فانطلق سعيد
لاستكمال رحلتهما وقد انضم ضيف جديد إلى اسرتهم
الصغيرة حديثة العهد.

انتهى الطريق الجبلي وظهرت من بعيد اضواء مدينة طابا
وفندقها الشهير.

وبدأ فصل جديد من الرحلة.

****

(١٠)

انتهى د. محمود من محاضرته في تاريخ الاجناس قائلا :

- وبهذا نجد أن نظرية النشوء والارتقاء لداروين هي في النهاية نظرية مبهمة لا توضح بل وتناقض الكثير من الحقائق مثلا لماذا ارتقى بعض القردة إلى بشر وبقي البعض واين ذهبت الحلقات التطورية بين الاجناس المختلفة كما انها تخالف الكثير من الاديان بل كلها تقريبا اذ ان بناء النظرية يقوم اساسا على نفي فكرة الرب واعتماد قانون الصدفة والتطور من كائن إلى اخر كما انه لا يوجد دليل علمي واحد على صحتها ولا يمكن اثباتها بحال من الاحوال.

تنهد مستطردا :

- ومن ثم تبقى هذه النظرية مجرد أراء وتصورات تفتقر إلى الدليل العلمي على صحتها.

لملم ارواقه المتناثرة بسرعة منهيا ما بدأه قائلا :

- وبهذا تنتهي محاضرة اليوم في تاريخ الأجناس هل من اسئلة.

رفع احد الطلاب يده في تردد فترك د. محمود اوراقه وأشار إلى الطالب قائلا :

- حسنا...؟.

نهض الطالب في خجل وقال :

- كنت اريد ان أسأل عن عمر الانسان على الأرض.

كان د. محمود بعد عودته من اختفائة المفاجيء عن الساحة العلمية لعدة اعوام قد التحق بأحد الجامعات المصرية كأستاذ مساعد رغم مكانته العلمية وأرتقى تدريجيا ولكن بسرعة نسبيا حتى صار احد اهم اساتذتها المعاصرين ورغم الفترة التي قضاها في الجامعة المصرية إلا انه لم يعتد بعد على سذاجة الأسئلة التي يوجهها إليه الطلبة ولكن كان يستقبلها بصدر رحب فأجاب الطالب قائلا :

- الحقيقة كان يمكن أن تجد الإجابة على محرك بحث جوجل ولكن الإجابة على هذا السؤال غير دقيقة فهي تعتمد على الحفريات المكتشفة للهياكل العظمية القديمة والجثث التي وجدت في اصقاع الأرض محفوظة في الثلوج وتقدير العمر الافتراضي لها انصحك بالبحث في الأمر وعدم انتظار الاجابة على طبق من فضة.

رفع طالب اخر يده فأشار اليه د. محمود فقال :

- هل عاصر الانسان البدائي الديناصورات.

نزع د. محمود عويناته في ضجر وقال :

- حسنا علميا لم يثبت بشكل قطعي أن الانسان عاصر الديناصورات بل جائت الديناصورات وقضت نحبها قبل نزول الأنسان على الأرض بفترة طويلة ولكن هذا يعتمد بشكل اساسي على السؤال الأول فتقدير هذه الفترات الزمنية يعتمد

بشكل اساسي على الفارق الزمني بين الحفريات المختلفة وعلى كلا فلا يوجد دينيا ما يسمى بالإنسان البدائي.

ارتفع صوت من جهة الفتيات متسائلا بدهشة :

- اليس الإنسان البدائي هو محور هذه الإكتشافات والحفريات.

تنهد د. محمود في ضيق وهو يجيب :

- مهما اكتشف العلم فهو قاصر أمام علم الله نحن لم نري تلك العصور لو بعد مليون عام اكتشف أحد هذا المدرج لربما ظن ان المسرح الذي اقف عليه والمدرجات ماهي إلا نشاط ترفيهي وحتى لو ادرك أنها ساحة للعلم فأين السبيل لمعرفة ما وصل إليه التطور العلمي في زمننا هذا.

توقف لحظة ثم استطرد قائلا :

- لقد كان اول انسان هو ادم عليه السلام علمه الله الأسماء كلها وخلقه الله في احسن تقويم[1] لم يتطور الانسان للأفضل بل ان الله كلما مرت القرون ينقصه فيالخلق اي اننا ننحدر للأسفل لا للأعلى[2].

واستطرد سائلا :

---

[1] "لقد خلقنا الانسان في احسن تقويم "التين

[2] عن ابي هريرة ان النبي صلى الله عليه وسلم قال : خلق الله ادم على صورته طوله ستون ذراعا فلما خلقه قال : اذهب فسلم على أولئك النفر من الملائكة جلوس فاسمع ما يحيونك فانها تحيتك وتحية ذريتك فقال : السلام عليكم فقالوا : السلام عليك ورحمة الله فزادوه ورحمة الله فكل من يدخل الجنة على صورة ادم فلم يزل الخلق ينقص بعد حتى الان " صحيح البخاري

- من منكم يعلم عمل قابيل وهابيل ابناء سيدنا ادم.

اجاب احد الطلبة بدون رفع يده :

- راعي غنم ومزارع.

استطرد الدكتور سائلا :

- وما عمل سيدنا ادريس.

اجاب نفس الصوت :

- خياطاً.

تنهد د. محمود واكمل قائلا :

- هذه مهن وحرف قائمة على مجتمع فالراعي استطاع استئناس الحيوان يربي الاغنام ويبيع لحومها وصوفها او يقايضه مع غيره وكذا المزارع عرف مواعيد الزراعة والري وانواع الثمار والحبوب وغيرهم يقوم بأعمال اخرى هناك نشاط اقتصادي قائم ليس كما يقول بعض العلماء ان الإنسان الاول اعتمد على الصيد وقطف الثمار فقط كما ان سيدنا ادريس كان خياطا يكسو غيره الملابس هذه مهنة حضارية لا تدل بحال على مظهر القردة الذي تصور به الأفلام الانسان البدائي اليس كذلك.

رفع الطالب الثاني يده قائلا :

- هل يعني هذا ان الانسان عاصر الديناصورات ام لا.

ضحك د. محمود ملأ شدقيه وانتابته نوبه سعال خفيف هدأ بعدها ثم قال :

-   حسنا طبقا لأخر ما توصلنا إليه فهي لم تعاصر الانسان ولكن ربما عاصرت امما غيره.

تعالت الهمهمات داخل المدرج وشعر د. محمود أن الأمر يفلت من يده فهتف بصوت جهوري :

-   هدوء لا محادثات جانبية وإلا سأنصرف لقد انهيت المحاضرة على كل حال.

رفعت احدى الطالبات يديها قائلة :

-   هل تقصد يا دكتور بالأمم الأخرى الجن ام ماذا وهل كان الجن مرأي.

نظرا اليها د. محمود في صمت طويلا ثم اجاب وهو يخرج بعض الاوراق من حقيبته يبدوا انها من ابحاثه في المجال وتصفحها قائلا:

-   حسنا معلوماتنا قليله وتعتمد بشكل اساسي على كتابات بعض كبار العلماء والمؤلفين في هذا المجال ولكن علميا لم يثبت أي من ذلك في النهاية كما ذكرت العلم مازال طفلا في هذا المجال.

واستطرد مفسرا :

-   ورد في كتاب البداية والنهاية لأبن كثيرا[1] ذكر اقواما جائوا قبل الانسان وقبل الجن وهم الحن والبن والخن والمن وهم خلق من خلق الله وهم

---

[1] البداية والنهاية لابن كثير ص ٥٠

المقصودون في تساؤل الملائكة حين سئلت رب العزة " اتجعل فيها من يفسد فيها ويسفك الدماء " فالمعروف أن الجان خلق من النار وخلق ادم من الطين فنحن لسنا مثل الجن وليس للجن دماء فدل ذلك على وجود اقواما قبل الجان على الأرض هم من خلق الله من تراب الأرض ليسوا من البشر ولا الجان سكنوا الارض وفسدوا فيها وسفكوا الدماء فسلط الله عليهم الجن فاجلوهم عنها وابادوهم وسكنوا الارض بعدهم بعد مواجهة عنيفة انتصر فيها الجن ومنذ هذه اللحظة اختفت تلك المخلوقات تماما ولا احد يعرف هل تمت ابادتهم نهائيا ام هربوا إلى مكان اخر في الكون.

يقول المؤرخ المسعودي "خلق الله قبل ادم ثمانية وعشرون امة على خلق مختلفة" وعدد بعض اوصافهم في كتابه اخبار الزمان[1] وذكر منها :

١- ذوات اجنحة وكلامهم قرقعة.

٢- ماله ابدان كالاسود ورئوس كالطير ولهم شعور واذناب وكلامهم دوي.

٣- ماله وجهان واحد من قبله والاخر من خلفه وارجل كثيرة.

٤- ما يشبه نصف الانسان بيد ورجل واحدة وكلامهم مثل صياح الغرانيق.

٥- ما وجهه كالادمي وظهره كالسلحفاة وفي راسه قرن وكلامهم مثل عوي الكلاب.

٦- ماله شعر ابيض وذنب كالبقر.

٧- ماله انياب بارزة كالخناجر واذان طوال.

---

[1] راجع ايضا كتاب تاريخ الامم والملوك للطبري
كتاب الحيوان للجاحظ
عرائس المجالس للثعالبي

وهذه الاوصاف غير مؤكدة ولم يُستدل على المصدر الذي استمد منه المسعودي هذا الوصف ، كما ذكر عن هيأتهم في كتب اخرى اكثر تفصيلا انهم اقرب للبشر وهم على عدة انواع واشكال منها ذكر [1]:

١- البِن :كان ذلك في العصر البروتوزي اي منذ ٢٫٥ مليار سنة تبدأ على شكل دودة ثم تتطور حتى تصبح على شكل كائن نصف قائم ثم تتحول لما يشبه القرد المنتصب إلى حد ما ولقد اختفت هذه الكائنات بعد تكون الطحالب ثم المفصليات والاسماك وازدادت بقعة الماء في الارض وبدأت في التشكل بانواع جديدة عرفت بالحن.

٢- الحِن :تجمع في تكوينها بين الطين اللازب ولحاء الاشجار وكانت تنمو بداية في قاع المياه المحملة بالطحالب واحيانا مختلطة بالنباتات في الاحراش السرخسية تكونت تلك الكائنات في العصر البيلوزي، وبمجرد ان تضع قدميها على الارض كانت تتكاثر بسرعة رهيبة وعند لمس المياه كانت تنمو جذورها لتكون مخلوقات مثلها اقوي منها بسبب امتصاص المعادن من الارض لتقوية جذعها الخشبي وتكون لنفسها اطرافا تتحرك بها فصارت متفوقة على البن فاشتد بطشهم بهم يتغذون عليهم ويأخذون من كيانهم الطيني ليزدادو قوة فهاجمت مخلوقات الحن مخلوقات البن اثناء تخليقها وصارت تتخذ من كيانها وعاء جديد لتشكل مخلوق جديد اسمه الخِن.

---

[1] المعلومات التالية مقتبسة من مقال نشر على النت لم يستدل على صاحبه ولكنه انتشر بشكل كبير

٣- الخِن :خلقت من الطين واللحاء وصارت تتغذى على المخلوقات البحرية حتى صارت اجزاءها تحتوي على مادة البروتين وهي التي ساعدتها على تكوين ما يشبه الغلاف الحيواني الاول اذ اجتمع في تكوينها ثلاث عناصر وهي الطين واللحاء والبروتين،تعتبر هذه المخلوقات هي اولى المخلوقات التي تحتوي على الدماء والقادرة على التكاثر مثل الثدييات وكانت هيئاتها <u>متغيرة</u> إلى ان ظهرت الديناصورات وقضت عليها.

٤- المِن :تكونت من البن الذي اختفى في الكهوف خوفا من بطش الحن لكنها مخلوقات اضعف من سابقتها على الرغم من ضخامتها كانت لا تملك اعين لكنها تكيفت مع بيئتها المظلمة فصارت لها القدرة على التحرك بسهوله في البيئات المظلمة معتمدة على مجسات متحركة في وجهها.

٥- الدِن :مخلوقات انتقالية جائت من المن وتطورت وصارت تمشي على اربع وتعتبر اولى المخلوقات الروحية التي امتلكت عقلا ولكنها غير مكلفة <u>وتطورت لعدة مخلوقات اخرى في البر والبحر و الجو.</u>

٦- النِس :مخلوقات كتب عنها علماء الاحياء القديمة بانها اجداد الانسان الاولي حيث خلق منفصلا عن سابقيه وخلال خلق النس خلق الله الجن. كانت لها قوة عظيمة استمدتها من الكائنات العضوية الحية التي كانت تفترسها انذاك في العصر البيلوزي وبداية الميسورين فاصبحت اقوى من الحن والبن ودخلت في صراع مع مخلوقات الحن حتى قضت عليها ثم شنت هجوم على الدن ومن تبقى من المن.

تفرس د. محمود قليلا في الوجوه المحملقة الوجلة مستمتعا بإثارة انتباههم وخيالهم لأقصى درجة قبل ان يستطرد :

- هناك دليلا ماديا لوجود هذه المخلوقات الشبيهة بالإنسان وهي العظام المكتشفة عام ١٩٩٤ قرب احدى البحيرات في اثيوبيا.
وفي شمال شرق سوريا ايضا اكتشفت بعثة يابانية ٤٠٠ كهف استخدمتها تلك الكائنات كمحطة مرور واظهرت الابحاث انها نحتت صناعيا من قبل مخلوقات شبيهة بالإنسان قبل ٥ مليون عام.
كانت هذه المخلوقات عنيفة شرسة تتقاتل فيما بينها باستمرار ولكنهم لم يعرفوا سنة الدفن فكانت تلقى الجثث في الكهوف التي صنعت كمقابر.

انهى د. محمود محاضرته الصغيرة ولملم اوراقه وحمل حقيبته وسط الصمت المطبق الذي شمل القاعة واتجه إلى باب القاعة ليتجه مباشرة إلى مكتبه الخاص كرئيس للقسم وما أن دخل المكتب حتى القى الاوراق والحقيبة على المكتب ودخل الحمام بسرعة ليدفع براسه اسفل مياه الصنبور.

استمر على وضعه هذا لعدة دقائق قبل ان يخرج راسه تاركا المياه لتنساب من راسه الذي نحل شعره على قميصه ورابطة عنقه، نظر في المرأة إلى التجاعيد التي ملئت وجهه وحدث نفسه قائلا :

- لم اعد احتمل.. لقد خارت قواي.. ساعدني ياالله.

ارخى رابطة العنق وفتح ازرار القميص العلوية كاشفا عن صدر مجعد لا يناسب سنه انتشرت فيه عروق زرقاء خفيفة تأملها في صمت قبل ان يفتح صيدلية صغيرة مثبتة

خلف المرأة ويلتقط منها عدة حبوب جمعها في كفه وهو يتأملها في صمت راودته رغبة في البكاء والنحيب ولكنه كبح عواطفه واستجمع اعصابه المبعثرة وبحركة واحدة القاها جميعا في حلقه اتبعها ببعض المياه من الصنبور مباشرة ووقف يتنهد ويلتقط انفاسه المبعثرة قليلا مقاوما شيئا ما يحاول السيطرة على عقله كنداء غامض يتملك حواسه ثم غمغم وهو يعتدل مغلقا قميصه :

‑ لم تعد تلك الجرعات تكفي لشل حركته لابد من تجربة اسلوب جديد.

احكم رابطة عنقه وخرج من الحمام ثم المكتب وقد عزم امرا ما في نفسه، امرا بغيض وثقيل على روحه ولكنه الأمل الوحيد إن بقي امل ما.

يجب ان يجري اتصالا سريعا.

اتصال يعد في بنود القانون خيانة عظمى.

*****

(١١)

بايقاع سريع وخطوات واسعة دخلت اخت د. محمود المزعومة احد المكاتب العلمية البحثية الناشئة لم يمض على تأسيسها سنوات قليلة والقت بنفسها على مقعد وثير استقر خلف مكتب عريض مجهز بشاشة عريضة تبدو عليها بعض البيانات والاوراق البحثية وبعض الادوات المكتبية تراصت بانتظام يدل على قلة الاستعمال وما ان استقرت فوق المقعد حتى تنهدت في عمق واغلقت عينيها ملقية برأسها إلى الوراء في ارهاق.

تجمد المشهد لدقيقة يخيل لمن يطلع عليها فيها انها سلمت رأسها للنعاس ولكنها اعتدلت بعدها في نشاط وبحركة من يدها امام الشاشة اختفت البيانات الظاهرة لتحل محلها شاشة محادثة لاحد البرامج الشهيرة المختصة بهذا النوع من الأتصالات المؤمنة واجرت اتصالا مرئيا مع احد العناوين المسجلة سابقا فظهرت بعد برهة من محاولة الاتصال صورة المتصل به ليبدو رجل في العقد الخامس نحيل اصلع له عيون ثعلبية ضيقة وانف معقوف فوق شفه رفيعة اعطته مظهراً خبيثاً نوعا وما ان ظهرت صورته حتى بادرته قائلة:

- لقد افلت الهدف.

بدا الضيق على وجه الرجل وان لم يبد في صوته الاجش الحازم اي توتر او ضيق وهو يقول :

- كيف حدث ذلك ؟.

حركت خصلات شعرها الاشقر المصبوغ في توتر ظاهر :

- يبدو اننا تأخرنا كثيرا لقد مات العائل قبل ان اصل اليه.

تململ الرجل قبل ان يقول :

- هل رصدت اخر المتعاملين معه؟.
- العدد كبير هناك صديقه د. حاتم وكذا المسعفين وطاقم تمريض المستشفى والأطباء يصعب الحصر حقا ولكنه بالتأكيد سيظهر مرة اخرى علينا ان نراقب فقط بدقة كل من اختلط به ولهذا احتاج بعض المساعدة من سفارتنا هنا.

- وماذا عن الابحاث والهدف الثاني ؟.
- لقد انتهيت للتو من التخلص من جثمان الدكتور محمود وهناك رجلان يقومان بتفتيش مكتبه في الكلية في هذه اللحظة وسأتوجه بنفسي إلى محل اقامته وسأبلغك بأخر التطوارت.

اعتدل الرجل في جلسته امام الكاميرا وقال بعد لحظة :

- لا تقومي بالاتصال مرة اخرى من مكتبك ساعلمك بوسيلة الاتصال القادمة توجهي فورا إلى العنوان المسجل لديكي ولاتقومي باثارة اي شبهات حول الرجل لا نريد الانخراط في مشاكل جانبية بعيدا عن الهدف المنشود وحذار ان ينكشف الامر للسلطات المصرية.
- علم..

اغلقت الخط والتقطت حقيبتها لتعيد ترتيب زينتها المبالغ فيها ثم اعادت كل شيء إلى الحقيبة قبل ان تعلقها على كتفها لتنهض في نشاط لا يتناسب مع ارهاقها السابق وخرجت من المكتب الخالي ثم المبنى كله بخطوات سريعة لتتجه نحو سيارتها الزرقاء من طراز فولكس فاجن الصغيرة لتنطلق نحو شقة د. محمود ولم تمض دقائق حتى وصلت إلى العنوان المنشود فصفت سيارتها بسرعة وتوجهت إلى مدخل العمارة دامعة العينين وبأداء حزين مبالغ فيه خاطبت حارس البناية العجوز :

- اذا سمحت.. في اي طابق تقع شقة د. محمود ؟.

تململ الحارس غير المبالي وهو يتابع احد مباريات كرة القدم على تلفاز صغير لا يتعدى البوصات الأربعة عشر ولكنه انتبه على ذكر اسم الفقيد فقال :

- لقد توفى د. محمود رحمه الله امس، من حضرتك ؟.

اجابته بصوت مختنق كادت تخرج معه انفاسها فلا تعود ابدا :

- انا اخته.

اطلت نظرة حزينة في عيني العجوز وان افتقرت للصدق وهو يحاول ان يلمح بطرف عينه احداث المبارة :

- ان شقته في الطابق الخامس امام المصعد مباشرة، ولكني لم ارك من قبل ابدا ولم اعلم ان للدكتور رحمه الله اخت.. يا مدام انتظري.. يا مدام صبرا هذا لا يصح..

كانت المدام قد فارقته ما ان سمعت مكان الشقة واقتحمت المدخل واتجهت بخطوات سريعة إلى المصعد وهي تتصنع عدم التماسك والانهيار وقد وضعت يديها على فمها لتخفي ضحكتها من العجوز الطيب وفي لحظات كان قد دخلت المصعد وصعدت إلى الشقة المنشودة تأملت الباب للحظة قبل ان تتلفت حولها ولما تاكدت من خلو المكان وان العجوز لم يتبعها اخرجت مفتاح من حقيبتها اختلسته من متعلقات د. محمود ودسته في ثقب الباب كان تعرف يقينا انها ارتكبت العديد من الاخطاء واثارت الشك حولها ولكنها لم تعتد تلك المهام الميدانية المرهقة كما انها كانت تريد انهاء الأمر بسرعة قبل ان تفقد اثر الهدف وتفشل مهمتها ولن يكون العقاب يسيرا في مهمة بهذه الخطورة.

قبل ان تدير المفتاح في الثقب اصدر جوالها رنة بغتة تعلن وصول احد الرسائل فالتقطته من حقيبتها وطالعت الرسالة التي كانت قصيرة واضحة نصها كالآتي :

((المكتب خالي.. الهدف الثاني مازال مفقودا))

تنهدت وهي تفكر بعمق، لم يبقى إلا الشقة إلا إذا كان هناك مكان أخر للفقيد كمختبر سري او مسكن أخر يجب ان ينتهي الأمر الأن فلا مجال للتأخير ادارت المفتاح في القفل ودلفت الشقة بسرعة واغلقت الباب خلفها.

بداخل الشقة كان الصمت هو الضيف الاول ذو الحضور، صمت مطبق وظلام تخلله بعض الاضائة القادمة من نافذة الردهة المغلقة بغير احكام المطلة على الطريق بالخارج.

تفحصت الموجودات بنظرها ولم يكن هناك الكثير، مجرد شقة اعزب أخر ،انتريه بسيط تتوسطه منضدة وثلاجة مازالت تأن ترثي مالكها الراحل وعلى اليسار ما بدا انه مدخل للمطبخ يجاوره باب الحمام، بعض الصور الأيقونية في البيت المصري التي تعتبر من مفردات الديكور الرخيص بجوار صورة كبيرة للفقيد تتوسط الحائط وعلى الجانب الايمن بدا ممر تنبعث منه اضائة خفيفة صناعية ويبدوا ان باقي الغرف تختفي داخله.

شعرت ببعض الرهبة وهي تتطلع إلى الممر في قلق واقتربت منه في حذر ما سر هذه الاضاءة هل ترك احداهم النور مضاء ؟ هذا وارد مع حالة الارتباك اثناء نقل د. محمود إلى المستشفى اثر ازمته الاخيرة.

طمئنها هذا الافتراض قليلا فأعتدلت وخطت داخل الممر كان الممر قصيرا نوعا احتلت غرفتين الجانب الايمن منه في حين خلى الجانب الايسر من الغرف وكلا الغرفتين

مغلق في حين انبعث النور من الغرفة الثالثة التي احتلت نهاية الممر منهية امتداده وقد وارب احداهم بابها الذي انبعثت منه اضاءة بسيطة انارت الممر قليلا ساعدتها على تمييز طريقها.

كانت تستطيع اضائت الانوار فالبواب يعلم بالفعل بوجودها بالشقة ولكن احساس راودها بغته انها ليست وحيدة في الشقة فدست يدها في حقيبتها تتحسس مسدس صغير من طراز بيريتا الذي اشتهرت شخصية جيمس بوند بحمله في قصصها واحكمت قبضتها على مقبضه دون ان تخرجه فشعرت ببعض الطمأنينة تتسلل إلى صدرها مع الملمس البارد لمعدنه واقتربت بحذر من الغرفة وما ان بلغتها حتى دفعت الباب بحركة مفاجئة ثم شهقت برعب في حين انطلقت صرخة فزع من اخر فم كانت تتصور رؤيته في هذه اللحظة.

من فم د. حاتم..

******

(١٢)

محملا كالبغال ترنح سعيد تحت ثقل الحقائب الكثيرة وهو يعبر مدخل الشاليه خلف مريم التي يبدوا انها نسيت وجوده تماما وعادت إليها طفولتها وهي تجري من مكان لأخر بصحبة الفتاة الصغيرة نور وهي تضحك في سعادة بالغة انستها كل ما حولها فانطلقت تتفقد الشاليه بصحبة نور تجري من غرفة لأخرى تريها كل شيء كان الشاليه جميل حقا مكون من غرفتين وصالة كبيرة نسبيا يطل على الشاطيء مباشرة ولقد شعر سعيد براحة كبيرة وهو يطالع الغرفتين الذين تم تأسيسهما بأثاث بسيط يناسب المصايف فلقد كان قلقا ان يكون الشاليه بغرفة واحدة يتشاركها مع الشيطانة الصغيرة منهية فكرته عن اسبوع العسل ولكن حمدا لله فلقد بدا الشاليه كفيلا صغيرة من دور واحد ذو واجهة زجاجية ترى من خلالها الشاطئ بالكامل وحديقة صغيرة متواضعة ارتفع مدخله عن رمال الشاطيء بعدة درجات لم تمنع الرمال من تغطية ارضية الشرفة الجميلة علي جانبه.

تنهد سعيد مستنشقا رائحة اليود التي تملأ الجو من حوله ووضع اثقاله في اكبر الغرف والتفت يبحث عن طفلتيه فوجدهما قد غادرا الشاليه يجريان بسعادة فوق الرمال الناعمة ابتسم وهو يمني نفسه بقرب الخلاص من تلك الطفلة فلم يكن وجودها معه في هذا التوقيت شيئا مريحا رغم انه تعلق بها وبرقتها ولكنه متعلق اكثر بزوجته التي لم يهنأ بها بعد.

ازاح الاغطية التي غطت قطع الاثاث واستراح على اركية كبيرة في صدر المكان وهو يتأملهما من خلال الواجهة

الزجاجية وبدون ان يشعر غط في نوم عميق من اثر تعب القيادة طوال الطريق.

استيقظ سعيد على رائحة الطعام المنبعثة من المطبخ والتي بدت له شهية جدا اثارت غدده اللعابية كان جائعا حقا فلم يكن قد تناول شيئا يذكر منذ امس اعتدل ليفاجأه وجه نور وهي تحملق في وجهه واضعة قبضتيها المضمومتين تحت ذقنها.

ورغم وجهها الملائكي شعر سعيد ببعض النفور وهو يتأمل بالمثل بشرتها الناعمة البيضاء التي تشربت بالحمرة بفعل حرارة الشمس كان اشد ما اثار انتباهه شعيرات دموية بسيطة متشعبة بدت اسفل بشرتها كادت تختفي في حمرة خديها المتوردين.

نفض الافكار عن رأسه وتمطع بكسل ومسح وجهه بيده قبل ان يقول :

- ماذا هناك يا نور ؟.. هل اطلت النوم ؟.

اجابته مريم من المطبخ تصيح :

- انها تنتظرك منذ ساعة او اكثر على نفس الوضع لم تتحرك.

انتبه سعيد في قلق :

- ماذا هناك هل حدث شيء ؟ هل ضايقها امر ما ؟ هل اتصل الضابط؟.

خرجت مريم من المطبخ ممسكة بقطعة من الدجاج ومنشفة وهي تقول :

- لا.. لا.. ولا.. لم يحدث ايا من ذلك، لقد اطلت النوم يا استاذ ونريد تناول الطعام والخروج إلى الشاطيء قبل غروب الشمس.

نهض سعيد في كسل وهو يتمطى واتجه إلى مريم فاحاط خصرها بيمناه وطبع على شفتيها قبلة سريعة قبل ان يتجه إلى الحمام وهو يقول :

- دقائق واكون على اهبة الاستعداد.

توقف للحظة متطلعا لنور الصغيرة التي كانت على نفس وضعيتها تطالع وجوههم باهتمام وقال لمريم:

- الم تستطيعي استخراج اي معلومات جديدة منها ؟.

ردت مريم في لا مبالاة :

- لم احاول لقد كنا نلهو ونلعب ثم انشغلت باعداد الطعام هلم لقد انتهيت تقريباً.

فكر سعيد للحظة ثم قال :

- هل تكلمت ؟.

نظرت مريم اليه في دهشة وهمست:

- تكلمت !! ماذا تقصد ؟ انها ليست بكماء انها لا تكف عن الكلام طوال الوقت.

انتقل تعبير الدهشة من على وجهها إلى وجهه وبادلها همسا بهمس:

- حقا!! انا لا اذكر اني سمعت صوتها من قبل منذ التقيناها وهي تتحدث امامي بالاشارة المقتضبة

نعم او لا او لا اعرف هذا كل ما حصلت عليه منها .

شردت مريم وزاغت عينيها وهي تقول :

- ماذا تقصد لقد كنا نتحدث طوال الطريق في السيارة وطوال اليوم ايضا.. ولكن انا.. انا حقا لا اتذكر صوتها.. لقد تكلمنا كثيرا ولكن.. كيف ؟؟!.

هب سعيد إلى زوجته والتقط كفيها ونظر في عينيها وقال :

- اهدئي انها ملاحظة عابرة فقط انا لم اسمعها تتكلم هذا كل شيء ربما كنت منشغلا بالطريق او ربما شردت قليلا ليس بالأمر الجلل .

ازاحت مريم خصلات شعرها قائلة :

- لا اعلم ما اصابني لقد شعرت فجأة بأن عقلي خالي تمام لا استطيع التفكير ربما بفعل الارهاق .

ربت سعيد على وجنتها بإشفاق وقال :

- لا عليكي هل تحبي ان ترتاحي قليلا سأعد انا المائدة .
- لالا.. لا داعي انا بخير .

ثم التفتت إلى نور بعفوية وقالت :

- لقد انتهيت تقريبا اغسلي يديكي وتعالي إلى المائدة .

تركت يدي سعيد واتجهت إلى المطبخ في الية وتركته في حيرة شديدة نهض واغتسل وغسل يدي نور ثم جلس على المائدة واجلس نور على احدى ساقيه وقال لها :

- نور اسمك نور صح.

اومئت براسها بالإيجاب فواصل قائلا :

- ما رأيك ان نغني معا اريد سماع صوتك الجميل.

عادت إلى الإيماء بالنفي فقال بدهشة مصطنعة :

- لماذا ان صوتك جميل بالتأكيد وانا احفظ الكثير من اغاني الاطفال.. اسمعي سأعطيكي قطعة كبيرة من الدجاج التي تعده طانط مريم إذا سمعت صوتك الأن.

تملصت الطفلة من بين يديه واسرعت باتجاه المطبخ في نفس لحظة خروج مريم تحمل طبق من المكرونة في يد وطبق من الدجاج في الأخرى فاحتضنت ساقيها فهتفت مريم باستنكار :

- سعيد لقد افزعتها.

اجابها سعيد بملل :

- لا اتصور كيف يمكن ان يحدث ذلك لقد طلبت منها ان نغني معا هذا كل شيء.

وضعت الاطباق على المائدة الصغيرة والطفلة متشبثة بها فربتت عليها واتجهت بصحبتها لأحضار باقي الأطباق في حين تتنهد سعيد في حيرة وهو يفكر لماذا لا يذكر انه سمع لها صوتا في حين تؤكد مريم انها تتكلم طوال الوقت انه حتى لم يسمع منها كلمة واحدة منذ استيقاظه.

فجأة عاد إلى ذهنه مشهد مريم وهي تنظر إلى نور اثناء حديثه معها.. ماذا قالت ؟؟.

((- لقد انتهيت تقريبا اغسلي يديكي وتعالي إلى المائدة))

نعم هذا ما قالته، هل كانت تكلم الطفلة ام تكلمه هو ؟؟ هل اشارت اليها الطفلة مثلا انها جائعة فاجابتها ام كانت تنهي الحديث معه فقط؟.

قطع افكاره قدوم مريم ونور باطباق اخرى كانت المائدة عامرة حرصت مريم على ترتيبها وتزيينها لتلقى رضا واعجاب سعيد لكن سعيد كان شاردا تماما كما بدت مريم منشغلة تماما باطعام الطفلة وتدليلها الا ان سعيد لم يستطع اخراج الامر من راسه وهو يراقبهما قبل ان يسأل مريم فجأة :

- مريم عندما كنا نقف امام المطبخ اخبرتي نور انك انتهيت من اعداد الطعام وامرتها بغسل يدها اليس كذلك لماذا هل كانت جائعة إلى هذا الحد.
- نعم كانت جائعة جدا لقد قاطعتني وانا اكلمك طالبة الطعام فاخبرتها انني انتهيت الم تسمعني اكلمها.
- نعم سمعتك..

ونظر إلى نور في شرود وهو يستطرد في عقله :

- ولكني لم اسمعها.

التقطت نور طبق طعامها وهرولت إلى خارج الشاليه وجلست في الشرفة الخارجية.

فنظرت مريم إلى سعيد في لوم على ذنب لم يقترفه او يفهمه واكملوا طعامهم في صمت.

مضى اليومين التاليين على سعيد بصعوبة شديدة فرويدا رويدا بدات مريم تتجاهل وجوده تماما صار مجرد عبأ اضافي يمنعها من التفرغ لنور يسيران في الطريق او على

الشاطيء تمسك احداهما بيد الاخرى يلهوان ويلعبان وهو يتبعهما من مكان لاخر فقط يسدد لهذا حساب الايس كريم ويشري من هذا العاب الشاطيء فقط فلم تستطع مريم ابدا اغراء نور بنزول المياه المالحة والسباحة كان يستطيع تذكر كل كلمة خاطبته بها نور لانها لم تعد تتعدى العبارات المقتضبة والاوامر العارضة التي لا تتعدى الثلاث كلمات كما ازدادت حالات شرود مريم عندما تبتعد عنها نور والنوم العميق الذي ينتابها فور ولوج الفراش حتى ظن انها تتجنب لقاءه في الفراش.

باختصار صارت حياة سعيد جحيما بفضل وجود الطفلة التي ظل الامر على ما هو عليه لا يستطيع سماعها إلا مريم فقط، مريم ترد على حديث من طرفين اختفى احد شقيه طوال الوقت دون ان تعي ذلك.

لذلك عندما تلقى اتصالا من الضابط يطلب منه الحضور إلى القسم لم يستطع تمالك نفسه من الفرحة فقبل مريم بسرعة واستأذنها في الذهاب لقضاء بعض الامور على ان يعود بسرعة متجنبا اخبارها وجهته.

نعم هناك شيء غامض في هذه الطفلة ولقد استحوذت على مريم تماما وهو حقا سيكون سعيدا جدا بمجرد الخلاص منها.

فهل يستطيع ؟؟

*****

(١٣)

استيقظ د. حاتم على صوت أذان الظهر فتمطى مردد الاذان خلف المؤذن قبل ان ينهض في نشاط متعجبا

من طول رقاده على الارضية الصلبة دون ان ينتابه الارق وهو الذي لا يستطيع ان يمضي ليلة واحدة دون ان ينتابه الارق مرتين على الأقل ولكنه اتجه إلى الحمامات الخاصة بالمسجد فافرغ مثانته من رطوبة الليلة ثم توضأ وصلى مع المصلين وخرج من المسجد يعتريه هدوء عجيب وسكينة وهو يتذكر كل مواقفه مع صديقه د. محمود الغيطي الذي كان نعم الصديق قبل ان يسافر إلى الولايات المتحدة في إحدى البعثات العلمية التي تنتقي المتفوقين في مجاله ثم انقطاع اخباره المفاجيء وعودته الغريبة بعد سنوات كان هذا مربكا ربما مر على خاطره من قبل للحظات ولكنه لم يمعن التفكير فيه ابدا قبل اليوم.

اتجه إلى سيارته واستقلها متجها إلى منزله الذي لم يره منذ البارحة وهو مازال يفكر في الامر.

((.. انه الطفيل.. يجب ان تعود إلى شقتي.. يجب ان تحرق كل شيء يجب.. ان تنهي هذا الكابوس بأسرع وقت.. اقتله يا صديقي)).

اي طفيل هذا الذي اصاب صديقه وكيف يقتله ولماذا طلب منه احراق كل شيء ؟؟

كان يملك مفتاح للشقة وهو وجه معروف لدى حارس العقار فمنذ عودة د. محمود وهما لا يفترقان تقريبا وكثيرا ما امضى امسياته في شقة د. محمود ولكثرة انشغال الاخير في ابحاثه طلب منه د. حاتم مفتاح الشقة ليرسل السيدة التي تنظف له الشقة لتقوم بنفس الدور لدى د. محمود الذي رحب بالفكرة فلم يكن بارعا في هذه الامور والشقة صارت بحالة سيئة حقا ولقد بقي المفتاح في حوذته منذ ذلك اليوم فتقوم السيدة بالمرور عليه لتحصل على المفتاح وتقوم بالتنظيف في غياب د. محمود ثم تعود في

اليوم التالي لتنظف شقته هو وتعطيه المفتاح وهكذا استمرت العلاقة بينهم في السنوات الأخيرة.

لذا لم يتردد رغم جهله بما ينبغي عمله فلقد ادار مقود السيارة في اتجاه شقة صديقه والافكار تدور برأسه عما قد يجده وما ينبغي عمله به ؟.

وصل إلى العقار بصعوبة مع زحام الطريق في مثل هذه الساعة كان الحارس يجلس بهدوء يدخن النرجيلة امام العقار فألقى عليه التحية فردها الحارس دون اهتمام كبير كمن اعتاد وجوده حتى صار اقرب لأحد السكان فقط رفع عقيرته بعبارة من عبارات التعزية والمواساة في الفقيد فدخل د. حاتم وبعد لحظات كان يقف امام الشقة في رهبة فلم يدخل هذا المكان من قبل دون صحبته أو في غيابه شعر بالفراغ الذي خلفه صديقه فإغرورقت عيناه دمعا فترحم عليه ودعا له بالمغفرة واولج المفتاح بقفل الباب ودخل الشقة.

كانت انوار الشقة مضاءة كما تركها امس اثناء نقل المرحوم فلم يدخل الشقة احد منذ ذلك الحين فأطفأ الانوار تاركا النور المتسلل من خصاص النوافذ ليضيء المكان وجلس على اريكة الانتريه امام المدخل متطلعا إلى المكان الخاوي الذي اكتسب وحشة وفقد الكثير من دفئه مع غياب صاحبه مخلفا ورائه فراغا لايعرف حقا كيف يملئه.

كان هناك صورة كبيرة لدكتور محمود معلقة في صدر المكان واسفلها بعض الرفوف التي وزعت بطريقة متدرجة تحمل بعض الصور من رحلاته الكثيرة خارج البلاد نهض د. حامد ووقف امامها متأملا صور كثيرة من كل مكان في الارض تصور د. محمود في اوضاع مختلفة

وحالات مختلفة واعمار مختلفة حتى ان بينها صوره له وهو لازال في سن المراهقة بجوار والديه الراحلين.

حسنا لا يوجد أي صورة للمرأة التي اتت إلى المستشفى مدعية انها اخته في اي مرحلة سنية !!.

تنهد واتجه يتفقد الشقة فاحكم غلق الغاز بالمطبخ واتجه إلى الحمام فأغلق خط المياه ثم اتجه إلى الممر الذي يحوي الغرف الثلاث فأغلق الغرفة الاولى على حالها دون ان يدخلها فلقد كانت غرفة نوم الفقيد ولم يشأ ان يدخلها في غيابه فللمكان خصوصيته واتجه إلى الباب الثاني الذي كان يحوي مختبرا صغيرا للأحياء اعتاد د. محمود اجراءه ابحاثه البسيطه فيه بعيدا عن مختبرات الكلية فدلف في هدوء متأملا.

((.. انه الطفيل.. يجب ان تعود إلى شقتي.. يجب ان تحرق كل شيء يجب.. ان تنهي هذا الكابوس بأسرع وقت.. اقتله يا صديقي)).

هل كان يقصد ان يحرق المختبر ام شيئا داخل المختبر ام الشقة كلها !! واي طفيل هذا !!.

التقط قفازين وكمامة من علبة بجوار الباب مخصصه لذلك وارتداهما فليس الوقت مناسب لالتقاط عدوى طفيلية وطفق يتطلع إلى المختبر.

كان مختبرا بسيطا به منضدة كبيرة تتوسط المكان وجهازي كمبيوتر وبعض اقفاص الحيوانات الخالية وخزانة كبيرة بجوارها ما بدا انه مبرد اشبه بمبردات السوبرماركت التي تحوي العصائر ولكن ييدوا من نافذتها الزجاجية انها تحتوي على بعض انابيب الاختبار والعينات التي كان يعمل عليها كما وجد جهاز طرد مركزي

لترسيب مكونات العينات وميكرسكوب كبير وبعض ادوات التشريح وبعض الاجهزة الاخرى التي لم يتعرف عليهاوكان المكان في حالة فوضى فلقد اصيب الد.محمود بالنوبة التي اودت بحياته في هذا المكان ولم يسعه إلا الضغط على زر الاستدعاء الذي صنعه بينه وبين حارس العقار الذي حضر على الفور ونقل د. محمود إلى الصالة وقام بالاتصال بالاسعاف ود. حاتم وحدث ما تلوناه في الصفحات السابقة.

دخل د. حاتم المختبر وهو يجول ببصره فيه يبحث عن مقصد د. محمود عندما سمع العواء الغاضب اسفل قدمه فجفل وقفز في الهواء في رعب وهو ينظر اسفل المنضدة ليجد قرد صغير من نوع الشامبنزي مقيد بسلسلة إلى حلقة مثبتة بالارض وكان غاضبا بشدة مكشرا عن انيابه وهو يجذب السلسلة بعنف بيديه فركع د. حاتم بجواره على مسافة أمنة خشية ان يبطش به في اي لحظة وخاصة مع حالة الهياج التي اصابته وقال مترفقا :

- اهدأ يا صغير.. هلم لابد انك جائع بشدة لقد نسينا وجودك اعتذر عن ذلك فمضيفك قد توفاه الله ولولا قدومي اليوم لقضيت نحبك جائعا عطشا يالا رحمتك يا رب يا مسبب الأسباب ارسلني اليوم لنجدتك صبرا سأحضر لك طعاما وبعض الماء.

تطلع اليه القرد وكأنما يسمعه ويفقه ما قيل ثم انزوى اسفل المنضدة وكف عن جذب السلسلة فنهض د. حاتم متلفتا حوله متسائلا عما يطعمه اياه فلم يجد فتوجه إلى المطبخ وفتح البراد فوجد بعض الخيار وعنقود من العنب فاخرجهما ووضع بعض الماء في كوب واسرع بما تحصل عليه إلى المختبر ووضعهم امام القرد الصغير

الذي اقترب يطالع ما قدم اليه ويتشممه ثم بحركة مفاجأة دفع الطعام بيده ملقيا اياه ارضا والتقط كوب الماء وعاد بسرعة إلى موضعه ليشرب في بطء وهدوء.

جمع د. حاتم الخيار والعنب في الطبق ووضعهم على المائدة وهو يبحث بعينه عما يقدمه له ولما لم يجد جلس القرفصاء يتأمله في اهتمام كانت العروق الزرقاء تنتشر بشكل باهت في بعض اجزاء جسده وتظهر خاصة في الاماكن الخالية من الشعر.

هل هذا هو المقصود ؟؟ هل طلب منه د. محمود قتل هذا الحيوان البريء ؟؟ ولكنه لو كان يحمل عدوى ما تهدد حياة البشر فلامناص من التخلص منه ولكن كيف السبيل إلى التأكد ؟؟.

ان الطفيليات ليست فصيله واحدة فبعضها مجهري وبعضها حشري وبعضها نباتي وكلها كائنات تعيش عالة على العائل المضيف معتمدة في غذائها من او على حساب العائل اما بصفة مهلكة تقضي على العائل او بصفة تعاونية فتفيد العائل وتستفيد منه.

يبدو انه يحتاج إلى تشريح هذا الشامبنزي الصغير ليفهم اكثر ولكن ليس الأن يجب ان يصل إلى مقصود د.محمود فليس من المستحب ان يشعل النار في الشقة ومحتوياتها مهددا حياة السكان ولابد ان د. محمود لم يقصد ذلك ايضا.

خرج من المختبر كله واتجه إلى الحجرة الأخيرة والتي كانت اصغر الغرف تحتوي على مكتب صغير ومكتبة بعرض الحائط الايسر وامام المكتب كرسيان تتوسطهما منضدة صغيرة اعتاد د. حاتم و د. محمود على قضاء

امسياتهما بها يتناقشان في مختلف النواحي العلمية والدنياوية.

شعر د. حاتم بوحشة عندما دلف غرفة المكتب فوجدها خالية وتخيل صديقة جالسا على المكتب يجادله ويناقشه فإغرورقت عيناه مرة اخرى والقى بنفسه على احد المقاعد امام المكتب يستجمع مشاعره فلم يطاوعه قلبه الجلوس في موضع صديقه خلف المكتب.

التقط انفاسه ونهض يتفحص الاوراق المبعثرة على المكتب في رفق وحذر ولكن لم يكن هناك اشارة في اي منها إلى طفيل او عدوى من اي نوع وكلها تدور حول عمل د. محمود بالجامعة من محاضرات متنوعة وابحاث طلبة القسم التي يراجعها فدار حول المكتب وبدأ في فتح الادراج الواحد تلو الأخر دون ان يعثر على مبتغاه حتى وصل إلى الدرج الاخير فوجده مغلقا بمفتاح ليس بحوذته.

تنهد وهو يلتقط فاتحة الخطابات من على المكتب متألما لاقتحامه خصوصيات صديقه في وقت لم تستقر جثته بعد في مرقدها ولكنها وصيته واوامره.

استجاب الدرج بعد عدة محاولات مستسلما ففتحه د. حاتم ليجد بداخله عدة اوراق في ملف وخطاب مطوي في ظرف مغلق وعلبة معدنية اخرجهم جميعا ووضعهم على المكتب بعد ان نحى كل الاوراق المنتشرة على المكتب جانبا وبدأ في تفحصهم كان اول ما التقط هو الخطاب المغلق وهاله ان وجد اسمه مكتوبا عليه بخط صديق عمره وكأنه يخاطبه من وراء حجاب لقد ترك له مايدله على الطريق في ظل وحدته الكئيبة.

شعر بقبضة تعتصر فؤاده فسالت دموعه دون ان يشعر تشق في تجاعيد وجهه انهارا تنعي صديق العمر.

وربما تنعي وحدته من بعده بعدما فقد كل احبائه وصار وحيدا بحق في الحياة فها هو سعيد تزوج ومضى في طريقه اسعده الله بعروسه وها قد ذهبت الزوجة وانقطع الولد لتكون خاتمتها فقدان الصديق فماذا بقى ؟ ومن بقى؟.

فض الخطاب بسرعة منتزعا نفسه من خواطره واحزانه ليقرأ ما به في لهفة ورهبة تصاعدت تدريجيا وعينيه تجريان على السطور.

وكان ما ورد به خطيرا.

ويفسر كل شيء.

إلى حداً ما.

****

(١٤)

تجاوزت عقارب الساعة الساعة الثامنة مساءً وبدأت الطرقات تزدحم بالمصطافين كعادة المدن السياحية الساحلية في النشاط ليلا والازدحام بالصطافين الذين امضوا نهارهم على الشواطيء ليزدهروا مساءً في الطرقات والشوارع والميادين باحثين عن سهرة لطيفة او نزهة طريفة ترفه عنهم.

ووسط الشوارع المزدحمة بالمصطافين تحرك سعيد بسيارته في عسر محاولا عدم الارتطام بالسيارات والمارة مغالبا شرود ذهنه الذي كاد لا يهدأ لحظة منذ عودته من لقاء الضابط المنوب بقسم الشرطة الذي استدعاه سابقا لمناقشة ما طرأ واستجد في البحث عن والدي الطفلة مجهولة الهوية او احد اقرباءها والتي تركها في هذه الساعات السابقة التي قضاها في قسم الشرطة في معية زوجته.

تعالى نفير غاضب ايقظه من شروده فانتبه إلى الضوء الاخضر الذي اضاء سامحا له بالمرور فدعس البدال في ضيق وانطلق مفاديا احد الاسر التي تعبر الطريق بلا اكتراث حقيقي وعقله يعاود الشرود وتتزاحم فيه الاسئلة وتتنافر مع منطقية الاحداث التي مرت به منذ لقاء الطفلة في ذلك الحادث.

استقبله الضابط المنوب في مكتبه منذ ثلاث ساعات كاملة نهب قبلهما الطريق الخالي نهبا في طريقه إلى القسم فقد كان في اشد الشوق للخلاص من تلك اللعنة التي حلت على اسبوع ظن انه سيكون اسبوع الاحلام مع عروسه ليفاجأ انه اصبح حملا زائدا مستغنى عنه لا ينفك يبحث له عن

مكان او معنى في هذه العلاقة التي نشأت بين مريم والطفلة الغريبة.

لم يكن الضابط في وردية عمل ولكنه تواجد في مكتبه خصيصا لاستقبال سعيد ومناقشة الموضوع بعيدا عن الاجراءات الرسمية وهو ما وقع في قلب سعيد انه لن يجد لديه الحل السحري للتخلص من الطفلة بين لحظة واخرى فالوجه الواجم للضابط اشعره انه دخل بقدميه في بركة من الوحل ولا سبيل للخروج دون ان يناله بعض الوسخ فلعن الحظ العاسر والشهامة التي اوقعته في هذا الفخ لكنه التقط يد الضابط التي مدها محييا قبل ان يدعوه للجلوس ويبدأ الحديث على الفور قائلا :

- كيف حالك يا سيد سعيد اتعشم ان تكون استمتعت باقامتك في المدينة، ها.. اخبرني كيف حال الطفلة آآآ لا اذكر هل اخبرتك بأسمها ؟ كيف حالها الأن ؟.

هز سعيد رأسه في قنوط وهو يتذكر الطفلة بما جلبته من مشاكل في اليومين السابقين واجاب في فتور :

- الحمد لله انها مدينة جميلة ولكن لم يتسنى لي رؤية الكثير نظرا لوجود الطفلة بيننا تعلم اننا حديثي الزواج ولسنا بالكفاءة اللازمة للأعتناء بطفلة في هذه السن وكنت أمل ان تكون الشرطة قد توصلت إلى اي دليل حول اسرتها او احد اقاربها.

ثم رفع نظره إلى عيني الضابط مباشرة قائلا :

- الطفلة اسمها نور كيف تبحثون عن اهلها دون ان تعرف حتى اسمها الصحيح.

لم يبد على الضابط الارتباك وظل وجهه ثابتا في حين اطلت الحيرة الواضحة من عينيه وهو يقول :

- اه نور لقد تذكرت، الحقيقة انا لست المسئول الوحيد عن البحث عن اسرتها ارجو ان تقدر كم المشاغل التي نواجهها كل يوم حسنا لم يصلنا اي بلاغات بشان غيابها كما انها لا تنتمي إلى اي من ضحايا الحادث بل لم يرها احد وهي تركب الاتوبيس والغالب انها تسللت إلى الاتوبيس في غفلة من السائق ربما كانت تلهو وتلعب وقررت ان الاتوبيس لطيف الشكل وانتابها الفضول لرؤيه ما بالداخل لا اعلم.

غمغم سعيد قائلا في يأس :

- وبعد ؟؟.

تنهد الضابط واخرج دوسيه وضعه امامه وتصفح بعض اوراقه قبل ان يجيب قائلا :

- حسنا لم تستدل التحريات في الفندق او في مكان خروج الاتوبيس عن اهل الطفلة ولم يتعرف عليها احد وكما ذكرت لم ترد اي بلاغات عن فقدها ولم يتقدم احد للسؤال عنها ان ايدينا مغلولة حقا يا سيد سعيد فلم ندخر جهدا للعثور على اهلها دون جدوى.

اغلق الملف وهو يستطرد:

- حتى مظهرها لا يدل على شيء ملابس صبيانية خشنة قذرة لا تدل على ثراء او اصطياف بعكس ملامحها ربما كانت مخطوفة وهربت من خاطفها

واختبئت في الاتوبيس ولو صح هذا سنحتاج وقتا اطول للبحث فقد تكون خطفت من اي مكان في الجمهورية واستقر بها الحال هنا ان كثيرا من الشحاذين يخطفون الاطفال لاستخدامهم في التسول هذه الايام بل ان هناك تجارة قائمة على ذلك تقوم فيها بعض العصابات بخطف الاطفال من انحاء الجمهورية ومن ثم بيعهم للمتسولين او ربما تجار الاعضاء الاحتمالات كثيرة.

هز سعيد رأسه وهو يقول :

- لا استطيع الاحتفاظ بها اكثر ان رحلتي بقى منها اربعة ايام لا غير ويبدوا انني سأضطر اسفا لإيداعها في حيازتكم حتى تجدوا لها اهلا او دار رعاية.

تنهد الضابط وهو يعود بكرسيه إلى الوراء وقال بعد فترة من الصمت :

- حسنا سيد سعيد لا استطيع ان اجبرك على الاحتفاظ بطفلة لا تعني لك شيئا وتذكر انني لم اطلب منك التوقيع على اي تعهدات احتراما لمرؤتك ولكن والوضع كذلك فأنا ايضا ارى ان تعود إلى قسم الشرطة ريثما نودعها احد الدور المتخصصة حتى نعثر لها على اهل ولكن ما اتمناه حقا ان تستمر في عنايتك بها حتى هذا الحين اقصد انهاء اجراءات ايداعها بأحد الدور.

اومأ سعيد في ضيق فاستطرد الضابط دون ان يترك له فرصة الاعتراض :

- ان في ذلك ثواب كبير كما تعلم فانت لا تريد لها ان تتعرض لهكذا وضع، يوما واحد على اقصى تقدير وينتهي الامر ولكن اخبرني طوال تلك الفترة التي قضيتها معها الم تستطع استخلاص اي معلومات منها على الاطلاق.

زفر سعيد قبل ان يجيب :

- قد لا تصدقني ولكني لم اسمعها تتحدث ابدا هي صامتة كأبي الهول ولكني على يقين انها تستطيع الكلام ولكن ليس معي على الاقل.
- وماذا عن زوجتك ان النساء افضل في استدراج الاطفال إلى الكلام.

كادت عيني سعيد تغرق بدموعها وهو يتذكر العلاقة الغريبة التي نشأت بين مريم ونور ولكنه تماسك قبل ان يقول :

- لا اعتقد ان زوجتي استطاعت الحصول على معلومات ولكنها على كل حال لا تكلمني كثيرا منذ عثرنا على الطفلة.

مال الضابط إلى الامام وهو يتمتم :

- يبدو ان العلاقات قد ساءت بينك وبين زوجتك.. عجبا!! لم يمض على زواجكم يومان او ثلاثة.. لا تخشي شيئا ان اختلاف الطباع احيانا يحدث تصادمات في بداية اي زيجة.

ثم نهض منهيا اللقاء قائلا :

- حسنا سأعلمك فور انتهاء اجراءات ايداعها احد الدور ولكن اطلب منك البقاء قليلا واستكمال اجراءات المحضر كما ابغي افادتك في الحادث وبالطبع التوقيع على بعض الاوراق تفيد مسئوليتك الكاملة عنها حتى ايداعها احد الدور.

وقبل ان يجيب سعيد قرع الضابط الجرس الموضوع على مكتبه ليدخل على الفور جندي الحراسات فأشار الى سعيد قائلا :

- مع الاستاذ حتى مكتب ضابط المباحث شريف باشا واستدعي كابتن عبدالله.

ثم صافح سعيد بقوة وهو يقول منهيا الزيارة :

- شرفت يا استاذ سعيد.

تذكر سعيد وهو ينحرف باتجاه الشالية كيف قضى الساعات الباقية في اسئلة ومحاضر لا جدوى منها إلا اضفاء الشكل الرسمي على علاقته بنور وإعفاء الشرطة من مسئوليتها فزفر وهو يقترب من الشاليه المضاء فأوقف السيارة بعد ان صفها بمحاذاةالشاليه ودخل الشاليه في صمت بسبب شرود ذهنه ليهاله المشهد امامه فوقف مشدوها لا ينبس ببنت شفة.

فأمامه كانت مريم جاثية على ركبتيها أمام نور محنيه رأسها في خشوع وكأنما تملكتها الطفلة تماما خشوع اشبه بخضوع العبد لسيده في حين كانت نور ترتبت على رأسها في حنان يناقض نظرتها المتصلبة وبجوارهم كانت جثة ضامرة لأحد الكلاب الضالة فقدت بريق الحياة في حين كانت مريم تردد بلا توقف :

- نعم افهم.. افهم.. سأفعل.. سأفعل.

ولكن سعيد لم يفهم شيئا ما هذا الذي تتعهد بفعله وطال جموده لثوان حتى التفتت إليه الطفة فجأة فزمجرت بصوت حلقي غريب قبل ان تترك الردهة كلها وتهرع إلى الغرفة فخرج سعيد عن جموده بصعوبة واستجمع رباطة جأشه ليهرع إلى مريم فركع بجوارها واحتضن كتفيها هاتفا فيها في رعب وخوف عليها قبل نفسه :

- ماذا حدث؟؟اما الذي اتى بتلك الجثة هنا؟؟ هه.. هل انت بخير ؟؟.

كانت مريم ترتجف بين ذراعيه كجرو بلله المطر عينيها زائغتين ومازالت تتمتم بقولها في ذهول :

- سأفعلها.. سأفعلها.

هتف فيها سعيد رغما عنه :

- تفعلين ماذا ؟؟ ما الذي طلبت منك فعله ؟؟ ماذا حدث ؟؟.

نظرت اليه بعينين زاغتين قبل ان تجهش بالبكاء وهي تلقي برأسها على صدره فاحتضن راسها والغضب يتصاعد في صدره تجاه الطفلة التي احالت حياته جحيما فربت على وجنة مريم وهو يهتف دون ان يغادر رأسها صدرها :

- هل انت بخير ؟هل آذتك ؟.

رفع راسها يتأملها يبحث في جسدها عن علة او مظهر من مظاهر الايذاء قبل ان ترتطم عيناه بعينها مرة اخرى على نظرة متجمدة في عينيها قبل ان تهتف في مرح :

- سعيد لقد اتيت.

ودون كلمة اخرى نهضت في نزق وهي تهرع إلى المطبخ المفتوح على الردهة تاركة اياه راكعا على الارض في ذهول وهي تهتف :

- لابد انك جائع سأعد لك الطعام على الفور ثم نخرج في نزهة على الشاطيء ما رأيك لقد اخترت هذا الثوب للنزهة.

دارت حول نفسها تريه الثوب قبل ان تستطرد :

- اسفة لقد تاخرت طويلا ونور كانت جائعة بشدة تعلم اني انتظرتك طويلا لنتناول الغداء معا.

نهض سعيد في قلق وقد تملكه الغيظ من سلوكها كأنها كانت غائبة عما جرى لم يستطع فهم التحول في سلوكها فاشار إلى جثة الكلب قائلا :

- مالذي اتى بهذا الكلب ؟؟ مريم مالذي حدث ؟؟.
- اي كلب ؟.

وما ان وقعت عيناها على جثة الكلب حتى صرخت وهي تقفز في الهواء مترين او يزيد قبل ان تسقط على الأرض فاقدة الوعي.

اندفع سعيد بسرعة ليلتقطها بين ذراعيه وهو يهتف باسمها ولما لم يجد استجابة انخلع قلبه من مكانه فحملها بين ذراعيه في ذعر ولهفةليريحها على الاريكه والتقط احد الملائات التي كانت تغطي الأثاث في السابق وجدها هناك فدثر فيها الجثة الضامرة وهرع بها إلى الخارج وتخلص منها في مكب النفايات ووقف يلهث في انفعال قبل ان

يتذكر مريم التي تركها فاقدة الوعي على الاريكة فعاد سريعا وهو يلعن غباءه ان ترك مريم وحدها مع هذه المخلوق.. نعم فهو لم يعد ـ بعد ما رأى هذا المشهد ـ يعدها طفلة عادية فما هي إلى شيطان متنكر في هذه الصورة ربما كانت من الجن او ايا كانت لن تبقى في المكان دقيقة واحدة.

ما ان دخل الشاليه حتى هدأ نوعا كانت مريم مازالت راقدة على الأريكة وقد افاقت واخذت تتخلل شعرها الغزير باصابعها محاولة استعادة وعيها فما ان رأته حتى هتفت :

- ماذا حدث ؟؟ اين ذهبت ؟؟ لقد انتهيت من اعداد الطعام من زمن لقد تأخرت طويلا فأكلت انا ونور سأحضر لك الطعام ثم نخرج في نزهة على الشاطيء.

ثم قفزت واقفة وهي تريه ثوبها مرة اخرى مستطردة :

- مار أيك لقد اشتريت هذا الثوب لنزهة اليوم الا يبدو جميلا انتظر سأحضر الطعام لابد انك جائع.

اقترب منها سعيد قي دهشة وهي تتكلم وهو حائر فيما اصابها هل اصيبت بلوثة انها تكرر ما قالته وكأنه مشهد معد مسبقا لا حياد عنه او ارتجال فيه الا تعي ما يحدث حولها وقبل ان تهرع إلى المطبخ مرة اخرى اوقفها واحاط وجهها بكفيه قائلا :

- الا تذكرين ماحدث ؟؟ هل اصابك مكروه ؟؟.

أبعدت كفيه عن وجهها لتضمهم إلى صدرها في امتنان وحب قائلة:

- عما تتحدث انا بخير.. انتظر هنا سأحضر الطعام.

انطلقت إلى المطبخ في حين تطلع سعيد إلى الغرفة التي اختفت فيها نور في وجوم، يبدو ان المواجهة حتمية لا يمكن ان يتركها تستعبد زوجته بهذا الشكل، مريم ليست بخير، ليست بخير على الاطلاق، وهو لن يستطيع ان يسكت او يشيح بوجهه عن هذا سيواجهها الأن ويعرف كنه هذا المخلوق الذي يقطن حجرته وياوى تحت سقفه ويلتهم طعامه.

ويستعبد زوجته.

اندفع في غضب وفتح الباب بعنف ليجد نور تجلس على الفراش وحولها بعض اللعب التي اشترتها مريم من السوق لها،طفلة بريئة تلعب بلعبها في صمت كيف لهذه أن تؤذي احداً.

اقترب منها سعيد في هدوء وقلبه يخفق في عنف فرفعت نور رأسها إليه فقال لها في حذر:

- ماذا تكونين ؟ اخبريني فمظهرك البريء لم يعد يخدعني، اما ان تخبريني كل شيء او القي بك خارج الشاليه حالا لن اسمح لك بإيذاء مريم مرة اخرى هل تفهمين ؟.

نظرت إليه الطفلة في صمت بريء رفع درجة غيظه إلى حد غير مسبوق فامسك كتفيها الصغيرين براحتيه يهزها في عنف وهو يصرخ :

- كفي عن التظاهر بالبراءة ؟ ما انت ؟؟ ماذا تكونين ؟؟ افصحي عن نفسك حالا.

لم يستطع ان يتمالك نفسه اكثر فخطف كفها بين اصابعه وجذبها خلفه في فظاظة وقسوة ابكتها وهو يجرها جرا إلى الخارج بسرعة لم تتحملها قدميها الصغيرتين فالتوت اسفلها ولكنه واصل جرها زاحفة وهي تتشبث بما تطاله يدها الحرة باستماتة وهي تصرخ بصوت وقع في اذنه غير بشري.. غير بشري على الاطلاق حتى توقف فجأة على باب الشالية وهو يترنح في ذهول!

التفت ببطا إلى الخلف وهو يتشبث باطار الباب بيد ويده الاخرى تنحل ببطأ عن كف الفتاة التي ما ان ارتخت يده حتى نزعت كفها الصغير من يده وجرت بسرعة تختفي خلف مريم التي وقفت في شرود تحمل بيدها بقايا المزهرية التي حطمتها منذ لحظات فوق راسه وفي اليد الأخرى طبق غداءه الذي لم يناله بعد.

وضع كفه على مكان الضربة فعادت ملوثة بدماء سالت لتغرق جانب وجهه فنظر إلى مريم الذاهلة غير مصدق انها ضربته بتلك المزهرية بلا رحمةوقد كانت تحتضن كفيه منذ قليل في حب قبل ان تتخاذل ساقيه ويهوى شبه فاقد الوعي اسفل قدميها كدمية مارونيت انقطعت خيوطها.

نظرت نور اليه بعدم اكتراث وهو تخرج من خلف ثوب مريم، تأملته للحظات في صمتقبل ان ترفع راسها إلى مريم نفسها فتحركا معا في توافق مدهش الى داخل الشالية تاركتين سعيد يصارع انفاسه الاخيرة خلف الباب المغلق.

وببطأ تسرب وعيه وهو يرى مريم تلتقط مفاتيح السيارة وحقيبتها الصغيرة قبل ان تلتقط كف مريم وتخرج في هدوء متخطية بقدميها جثته بلا اكتراث وكأنه جوال تخلص منه احداهم على باب الشاليه وكان اخر ما رأه عيني نور الجميلتين وهو تسير بجوار مريم وقد ركزت

نظرها على وجهه قبل ان ينغلق الباب خلفهما وكلمة واحدة تدوي في راسه.

رسالة اخيرة اطلقتها نور إلى عقلة دون اذنيه.

اول كلمة تخاطبه بها منذ رأها.

كلمة تحمل مشاعر اختلط عليه الامر في فهمها.

فقط كلمة واحدة وانغلق الباب.

" اسفة "

واظلم كل شيء.

(١٥)

(ماذا تفعل هنا يا دكتور)

هتفت في غضب مصطنع وهي تستطرد منتحلة شخصية الاخت المفجوعة في اخيها :

- كيف تقتحم شقة اخي ولم تبرد جثته في قبره بهذا الشكل وبأي حق اجبني قبل ان ابلغ الشرطة.

التقط د. حاتم انفاسه من اثر الصدمة التي كادت توقف قلبه بدخولها المفاجئ عليه في مكتب د. محمود وحاول جاهدا استرداد رباطة جأشه ولملمت كرامته بعد الصرخة التي افلتت من حلقه منذ لحظات وقال بصوت حاول ان يكسبه بعض الصرامة :

- هذا البيت يعرفني اكثر مما يعرفك يا مدام امضيت فيه سنوات بصحبة صديقي د. محمود اهتم به واشرف على احتياجاته واستأمنني طوال هذه السنوات على حياته ونفسه وشقته التي لم تطأيها بقدمك إلا اليوم فمن تكونين انت ؟.

واستطرد في مكر :

- ثم ماذا تقولين للشرطة عن تواجدك انت هنا من فضلك لا تدعي انك اخته مرة اخرة هذا مهين، والا لأبرزت هويتك الان واخرستيني فهل تستطيعين فعل هذا ؟؟.

صمتت المرأة لحظات شعر فيها د. حاتم بالأنتصار قبل ان تنتزع من حقيبتها بطاقة القتها امامه على المكتب فالتقطها

د. حاتم في قلق وهو يتصور انها بطاقة الهوية المطلوبة التي ستخرسه للأبد.

هل اخطأ في تصوره حقاً.

هل كان لد. محمود اختا لا يعلم عنها شيئا.

ولكن تساءولاته كلها تبخرت عندما التقط البطاقة فوجدها بطاقة تعريفية بالعربية.

د. منال الخطيب

مدير قسم الابحاث البيلوجية بمعهد..... للبحوث

عضو منتدب لدى مكتب..... للابحاث العلمية

ت.١**********

بهت د. حاتم للحظات قبل ان يرفع عينيه الى د. منال كما تدعي بطاقتها التعريفية التي وقفت عاقدة ذراعيها في تحد فألقى البطاقة على المكتب في ضيق وهو يهتف :

- ما هذا ؟؟ استطيع طباعة الف بطاقة بهذا الشكل تدعي انني رئيس جمهورية موزمبيق لو اردت، هل هذا كل ما يمكنك تقديمه ؟؟.

رفعت منال احد حاجبيها وهي تقول بتحد :

- هذا كل ما يمكنك الحصول عليه انا لست ملزمة بتقديم المزيد لك.

عاود د. حاتم الجلوس وهو يسالها بتحفز استعدادا للكذبة القادمة :

- وما هي علاقتك بالمرحوم د. محمود الغيطي ؟ لا تدعي الاخوة فمن البطاقة التي قدمتها يتضح اختلاف الاسماء هلم اختلقي كذبتك القادمة.

ابتسمت بسخرية وقالت من زاوية فمها :

- انت مازلت منزعج من طردي لك في المستشفى اليس كذلك ؟ بحقك لم يكن الظرف مناسبا للتعارف وكنت في عجلة من امري لم اقصد جرح احساسك العالي.

نظر اليها د. حاتم طويلا ثم التقط البطاقة مرة اخرى واشار اليها بالجلوس فجلست بحذر على طرف المقعد المواجه للمكتب قبل ان يقول بهدوء :

- اذا هل تجدين الظرف مناسبا الان ؟.
- كما تقول بطاقتي فانا مديرة قسم البيولجي بمعهد...... وعضو منتدب بمكتب...... للبحوث العلمية بمصر وهذا المكتب انشأ خصيصا لمتابعة ابحاث د. محمود السرية التي لابد وان تعفيني من ذكرها وكل ما فعلت واقدمت عليه كان لضمان هذه السرية حتى لا تقع تلك الابحاث في اليد الخطأ.

نظر إليها طويلا قبل ان يصفق بيده في سخرية وهو يقول :

- برافوا لقد كدت اصدقك لولا ان د. محمود اخبرني بكل شيء.

هتفت بصدمة :

-   اخبرك !!.
-   نعم اخبرني، حتى بعد وفاته لم يتركني لاضل الطريق الى الحقيقة.

فكر د. حاتم للحظات، هل يخبرها بفحوى الخطاب أم يبقي الأمر سرًا كضمانة أخيرة لحياته؟ استرجع ذهنه ما جاء بالخطاب الذي قص فيه د. محمود كل شيء وحفرت حروفه في ثنايا عقله:

"صديقي العزيز د. حاتم،

هذا خطابي الأخير لك، وأنا واثق أنه سيصل إليك بعد وفاتي. سامحني فلما كنت أتصور أن الأمور ستخرج عن سيطرتي بهذه الطريقة، وإنما كانت كل خطوة واحدة في هذا الطريق.

أنا لست بخائن لك، د. حاتم، فقط لم يكن أمامي خيار آخر سوى ما فعلته للحفاظ على حياتي، حتى أجد حلاً لمشكلتي.

حسنًا، أنت تستحق أن تعرف الحقيقة. هل تجد الحل وتقضي على هذا الطفيل الذي قلب حياتي رأسًا على عقب منذ غزوه لجسمي بالولايات المتحدة لأول مرة منذ سنوات وأخذه مسكنه حتى يوم كتابة هذه السطور.

أنا أحتضر يا د. حاتم وليس أمامي الكثير من الوقت. أثناء وجودي بالولايات، أصابتني عدوى غريبة من ضابط بحري أثناء مهمة إنقاذ مجهولة في المحيط الأطلسي، ودعت بفرقته كلها تاركة إياه بين الحياة والموت على إحدى السواحل الأمريكية.

التفاصيل هنا لا تهم، ولا أعلم غالبها على كل حال. المهم ما حدث بعد إصابتي بالعدوى، يبدو أن الأمر كان تحت نظر أحد المخابرات المعادية لبلدنا، التي دست أحد رجالها بين فريق الأبحاث، وكان حاضرًا في مكان إصابتي وشاهدًا عليها.

فما كان منهم إلا أن قدمت على خطفي سرًا ونقلي إلى بلدهم. حسنًا، يجب أن أخبرك لماذا. إن الأمور والأحداث اختلطت على ذهني.

هذا الطفيل متوحش، د. حاتم، يسيطر عليك تمامًا، يغزو الجهاز العصبي فيصبح الضحية طوعًا لأمره تمامًا، وليت الأمر يقتصر على ذلك، بل تدفع العائلة دفع الدم والتدمير في جنون شبه مطبق، رغم وعي العائل، إلا أنه لا يملك أي سيطرة على جسده، إنه الاحتلال الكامل للجسم المضيف.

حسنًا، قدمت في الشوارع في حالة هياج، وحشك كاسر، ولا أذكر ما حدث تمامًا وأنا تحت تأثير هذه الحالة، ولكني بدون شك قتلت أحدهم وكان لهذا أثرًا كبيرًا على نفسي.

هكذا قيل لي قبل أن يلتقطوني أيدي عملاء تلك المخابرات، طامعين في تحويل الطفيل إلى سلاح بيولوجي. أجريت علي الكثير من التجارب، وكان الطفيل يلتهم جسدي بلا رحمة، حتى اهتدى أحد علمائهم لوسيلة علاجية توقف مؤقت سيطرته الكاملة على أعصابي.

وبدأت أستفيق أعي ما حولي شيئًا فشيئًا، ولكن تأثير العلاج كان مؤقتًا، مما جعلني تحت رحمتهم تمامًا، وصورة الشخص الذي قتلته لا تبرح خيالي وتملأني خوفًا أن أعود لتلك الحالة أو يقتلني الطفيل قبل أن أصل للعلاج الفعّال.

نعم، لقد كنت مجبرًا على التعاون معهم لفترة طويلة قبل أن يطلب مني السفر إلى مصر ومحاولة نشر الطفيل في أرضي، مخلفًا في بلدي حالة من الفوضى والسخط.

سامحني، لم يكن أمامي إلا الموافقة، وأنا بين أيديهم كليًا، يستطيعون قتلي في أي لحظة لتحقيق مرادهم بمنع الدواء عني وتركي لمصيري بعد تهريبي إلى مصر.

وكان هذا كافيًا لنشر الطفيل فيها وتدميرها إلى الأبد.

حسنًا، كانت لي أبحاثي التي عملت عليها سرًا في فهم وتصنيف الطفيل. لقد استطعت أن أفهمه ومن ثم طورت العلاج تحت سمعهم وبصرهم دون أن يعلموا عنه شيئًا.

وقبل سفري إلى مصر بعد تحسن حالتي، فوجئت بالضابط المسؤول عن حالتي يسلمني علبة معدنية تجدها مع نفس الدرج مع بعض الأوراق، تحوي خلاصة أبحاثي عن الطفيل.

هذه العلبة كانت تحوي الطفيل الخام، البذرة التي ينشأ عنها الطفيل. أنا لم أفعل شيئًا من الممكن أن يضر ببلدي بفضل أبحاثي الطريقة العلاجية التي اكتشفتها استطعت التحرر من رقابتهم وسيطرتهم عليَّ، والحقيقة أنهم لم يبذلوا جهدًا يذكر للضغط عليَّ، واكتفوا بالمراقبة من بعيد. ولكن الطفيل لا يهمد، وبدأ يعاود سيطرته مرة أخرى، وانحسرت فعالية الدواء شيئًا فشيئًا.

حسنًا، لم يكن أمامي إلا الاتصال بهم. فإن وصلوا قبل وفاتي، فربما يكون في جعبتهم ما ينقذني من هذا المصير. وإن مت، فالأمر بيدك.

اقرأ الأبحاث بعناية، اعرف أني ألقيت عليك حملا ثقيلاً يا صديقي الوحيد، وأنا نادم حقًا على ما جرى وما كان، ولكن عزائي أنني لم أسهم لحظة في تدمير بلدي ولم أتسبب عن قصد في إيذاء أحد.

صديقك، د. محمود الغيطي

تبادل النظرات مع المرأه الملطخة بالأصباغ التي تجلس امامه عاجزا عن اتخاذ قرار مناسب للموقف الذي وجد نفسه فيه في صراع مع مخابرات معادية ومحاولة خيانة كادت تودي بالبلد إلى الهاوية وامرأة على يقين كامل انها تتبع تلك المخابرات.

هل يكشف اوراقه كلها.

هل يبلغ المخابرات المصرية.

حتى لو اراد كيف يخرج من هذا الموقف.

هذه المرأة ليست سهلة ابدا وقد تقدم على قتله الأن ولن يشعر به احد على الأطلاق.

نعم هي امرأة ولكنه شيخا واهن وقد تملك سلاحا وهو لا يملك ما يدافع به عن نفسه.

حسنا لابد من المهادنة حتى يخرج من تلك الأزمة.

مال إلى الامام وهو ينظر في عينيها مباشرة محاولا فرض شخصيته على الوضع قائلا :

- لماذا لا نكشف اوراقنا هنا والأن وربما - واقول ربما- نصل إلى اتفاق يحقق مأربك و مأربي في ذات الوقت.
- اي مأرب وأي اتفاق ماذا أخبرك بالضبط هذا الرجل عني.

قالتها في حنق ويدها تتحسس مسدسها في الحقيبة في حركة لم تغب عن عين د. حاتم فقال في هدوء :

- قلت لك انني اعلم من انتي بالضبط ومن تتبعين ولكنكي لن تصلي إلى شيء دون مساعدتي أنا اعرف د. محمود تمام المعرفة واسراره كلها في جعبتي فلماذا لا نتبادل معارفنا فنصل إلى ارض محايدة نقارب فيها وجهات النظر ؟.

كانت اعصاب منال قد وصلت إلى ذروة اضرابها لن تحتمل فشل هذه المهمة ان وجهها صار معروفا لعدد كبير من الشخصيات من المستشفي إلى الاسعاف فحفار القبور وحتى بواب العمارة التي تجلس فيها الأن.

لابد ان تصل إلى هدفها بسرعة وتغادر قبل ان تحوم الشكوك حولها ويبدأ الكل في طرح الاسئلة بعد ان تظهر العدوى وتبدأ في الانتشار.

وعندما وصلت بتفكيرها إلى هذا الحد اخرجت مسدسها في حركة مفاجئة وصوبته إلى د. حاتم الذي انتفض من المفاجأة وهي تهب واقفة وتصرخ فيه :

- يكفي هذا يا دكتور اين الحالة الثانية المصابة بالعدوي واين الابحاث التي اجراها د. محمود قبل وفاته.

كان عقل د. حاتم يعمل في هذه اللحظة بكامل طاقته.

حالة ثانية مصابة بالعدوى !!!.

الحالة الأولى د. محمود.

الحالة الثانية ؟؟.
القرد !!!.

كان قد دس الابحاث في جيب حلته الداخلي دون ان يقرأها وهو مخبأ لن تعجز كثيرا عن الوصول إليه فور مقتله.

بسط كفيه في حذر وعيناه مثبتة على المسدس في يدها وهو يشير اليها اشارات مهدئة كمن يتعامل مع مجنون وهو يقول :

- لماذا لا نهدأ قليلا سأمنحك ما ترغبين الحالة الثانية موجودة هنا ولكن الابحاث خبئها المرحوم في مكان اخر.

اخرجت من حقيبتها فوهة اشبهبانبوب صغير ثبتته إلى مقدمة سلاحها وعادت تصوبه إلى رأس حاتم وهو تقول في حزم :

- سترشدني الأن إلى الحالة الثانية وإلى الأبحاث وإلا زينت جبهتك المجعدة برصاصاتي وحذار من التلاعب بي ففتيلي اقصر مما تظن.

رفع د. حاتم كفيه بمحاذاة كتفيه قبل ان ينهض وهو يقول :

- حسنا سافعل كل ما تريدين ولكن اخفضي هذا السلاح لا داعي ان يموت احد اليوم ان الحالة الثانية التي ذكرت في الغرفة الثانية في الممر.

اشارت بطرف مسدسها وهي تفسح له الطريق قائلة :

- امامي لن اجعلك تغب عن ناظري وحذار من التلاعب بي.

غمغم د. حاتم مقاطعا اياها وهو يتخد طريقه امامها إلى خارج المكتب :

- نعم نعم فتيلك قصير اعلم هذا لقد اختبرته منذ لحظات.

تحرك في بطء في الممر القصير تتبعه منال مصوبة سلاحها إلى منتصف ظهره حتى وصل إلى الغرفة التي اتخذها د. محمود معملا وهو لا زال يفكر في وسيلة للتخلص من هذا المأزق ولكن منال لم تمهله ووخذته في ظهره بطرف مسدسها فتقدم داخل الغرفة بحذر وهو يلتقط القفازات والكمامة من العلبة فهتفت به منال :

- هل تمزح معي ان الغرفة خالية.

وازحت قادح الشرر في مسدسها إلى الخلف وهي تصوبه إلى رأسه قائلة :

- لقد حذرتك من التلاعب بي يا هذا.

صرخ د. حاتم وهو ينتفض :

- لم افعل.. انه هناك اسفل المنضدة.

اشارت بطرف مسدسها اليه وإلى المنضدة كأنما تدعوه لإخراجه فانحنى مرة اخرى تحت المنضدة ليجد الشامبنزي الصغير وقد تكور على نفسه يقرض اصابعه حتى ادماها فالتقطه برفق ونهض يحمله في كفيه وهو ينتفض ويقاوم بشدة جعلت السيطرة عليه عسيرة رغم ضئالة حجمه وتعالت صرخاته في المكان فجفلت منال فور رؤيته وتراجعت إلى الخلف وهي لاتزال تصوب مسدسها اليهما هاتفة في ذعر :

- ما هذا ابعده عني اياك ان تقترب.

دارت الافكار بسرعة في رأس حاتم وهو يلمح بعينه المجهر الموضوع على المنضدة في متناول يده وهو يصارع القرد الصغير بين كفيه ويبعده عن جسده قدر الامكان وقبل ان تكتمل الفكرة في رأسه القى القرد في وجه منال التي صرخت برعب والمسدس يسقط من يدها وهي تحاول نزع القرد الذي تشبث بوجهها وهو يصرخ بدوره فالتقط المجهر الثقيل بسرعة بكلتا يديه وضربها به بكل قوته في وجهها فأصطدم بها وبالقرد معا فصرخ القرد صرخة واحدة شنيعة ثم همدت حركته ليسقط ارضا بلا حراك في حين وقفت منال غير مصدقة وهي تترنح للحظة والدم يسيل من جبهتها قبل ان تتهاوى فوق جثة القرد فاقدة لوعيها.

ولم ينتظر د. حاتم لحظة واحدة ففور سقوطها قفز من فوق جسدها وانطلق خارج الشقة وبعد لحظات كان في سيارته ينهب الطريق نهباً.

وهو يفكر في خطوته القادمة.

كيف يواجه كل هذا وحده.

كيف يصارع جهاز مخابرات بهذه القوة.

لقد فقد القرد ولكن ربما قد مات وبهذا يكون قد تخلص من الطفيل، والابحاث مازالت بحوزته.

اخذ يفكر ولكن الافكار كانت تتصارع وتتصادم في عقله حتى خشي ان تنقلب به السيارة كما تتقلب افكاره فتوقف على جانب الطريق واراح رأسه على الزجاج الجانبي في يأس قبل ان يعتدل فجأة ويدير المحرك وينطلق.

ليس هناك إلا وسيلة واحدة وطريق واحد ضل عنه د. محمود منذ وطأ ارض مصر.

وانطلقت السيارة تقطع ما تبقى من الطريق الطويل.

طريق استغرق ألاف الاعوام.

نحو الملاذ الاخير.

*****

(١٦)

حك د. عبد العظيم الطبيب المنوب بالمستشفى ذراعه في ضيق وهو يتطلع إلى ساعته كان قد تبقى ما يزيد قليلا على الساعتين على انتهاء منوبته الليلية ولكنه لم يكن يشعر انه بخير.

تلك الحكة تؤرقه كأن مئات الحشرات تتحرك تحت جلده وتسبح في شرايينه هذا الارتفاع في درجة حرارته يقلقه جسده متهاوي اعصابه مفككة انه مريض حقا لا مزاح هنالك.

هل اصيب بعدوى من احد المرضى ؟!؟؟.

انه دائما حريص في هذا الأمر.

اذا مالذي اصابه ؟؟.

نهض بنزق وهو يشعر ان اعصاب ساقيه تتهاوى واكتنف راسه الدوار فتشبث للحظة بالمكتب الذي كان يجلس خلفه بحجرة الطبيب المنوب حتى استعاد ثباته قليلا ثم اتجه وهو مازال يترنح إلى صيدلية المستشفى فطلب محقن وامبول من دواء مضاء للحساسية وعلبة من المضاد الحيوي واتجه إلى غرفته وهو يستند على الجدران.

كان قد مريومان منذ اصيب بالعدوى اثناء نقل د.محمود عندما اصيب بالأزمة الأخيرة.

لقد قام باسعافة وتدليك قلبه في سيارة الاسعاف ولكنه كان قد رحل عن عالمنا إلى الأبد.

رحل تاركا له ذكرى تعيش في دمه الان وتنتشر في شرايينه وتهاجم جهازه العصبي في شراسة.

هوى فوق كرسيه وهو يتطلع إلى كفه التي تحمل المحقن والدواء كان هناك جرح صغير في وسادة كفه لا يذكر متى اصيب به ولكنه كان اصغر من ان يحاول مداواته وافترض انه سيشفى من تلقاء نفسه ولكنه الان ملتهبا بشدة مما اضطره سابقا إلى تطهيره وتغطيته بلاصق طبي بسيط معتقدا ان هذا سيفي بالغرض.

لعن سيارات الأسعاف واطرافها المنبعجة الصدئة لابد ان الجرح تلوث بسبب ذلك.

وربما هذا ما سبب له العدوى في الأساس هكذا دار الامر في راسه غير مدرك لما يسبح في دمه في هذه اللحظة، رفع صوته الواهن قدر استطاعته ينادي على الممرضة المنوبة معه لتعطيه الحقنة فلم يكن بقادر على اعطائها لنفسه.

دارت الدنيا به للحظة فارجع راسه للخلف وهو يفكر منْ من زملائه يستطيح ان يحل محله في الساعتين المتبقيتين فهو لم يعد بقادر على الاستمرار.

دخلت ممرضة بدينة إلي الحجرة تتبختر في لامبالاة وهي تلوك قطعة من اللادن وقالت :

- انت ناديتني وانا قادمة بالفعل هناك حالة وصلت الاستقبال الان.

اشار اليها بالدواء وهو يقول في وهن:

- لا استطيع يا جميلة انا مريض استدعي د. وليد للكشف عليها ولكن اولا اعطني هذه الحقنة.

اقتربت منه جميلة وهي تفرقع قطعة اللادن والتقطت المحقن والامبول تتفحصه قائلة :

- مابك ؟ لا تبدو على ما يرام، ان د. وليد انصرف مبكرا، لايوجد في الاستقبال غيري وغيرك.

ملئت المحقن بعد ان كسرت الامبول باحترافية وتناولت ذراعه قائلة :

- هذه حقنة وريد وليس معي الرباط.

كشف لها عن كم المعطف وشد طرفه على زراعه فظهرت عروق زرقاء بارزة على ساعده فاقتربت بسن المحقن قائلة :

- اوردة يدك شديدة الوضوح نافرة وحرارتك مرتفعة هذه ردة حساسية يا دكتور.

قالتها باسلوبها السوقي معبرة عن حالة تفاعل الجسم مع الحساسية فقال في غيظ :

- الم تقرأي ما كتب على الامبول منذ لحظة هذا امبول مثبط لردة فعل الجسم تجاه الحساسية هيا انتهي حتى نرى الحالة، ماذا به ؟.

مصمصت بشفتيها وكادت ترد على سخريته برد لاذع وهي تغرس الابرة في الوريد ولكن الوريد انتفض وابتعد عن مسار سن المحقن فهتفت :

- بسم الله الرحمن الرحيم هذه اول مرة اري وريد يفعل هذا.

هتف بها في نفاذ صبر :

- انتهي يا جميلة حتى نرى الحالة، سألتك ماذا به ؟.

عاودت المحاولة وهي تقول :

- صدمته سيارة رأسه مفتوح وربما تجد عظم مكسور.

كانت قد غرست الابرة في الوريد للمرة الثانية وكما حدث في المرة السابقة انتفض الوريد وابتعد عن مسار المحقن فهتفت وهي تتراجع في جزع :

- بسم الله الرحمن الرحيم هذا ليس وريدا ان يتحرك كالدودة تحت جلدك.

كان صبر عبد العظيم قد بلغ مداه واخذ جسده ينتفض بغضب وهو يصرخ بها :

- هل تعبثين معي الا تستطيعين اعطاء حقنة واحدة هل ابتُليت بك في هذه الليلة السوداء.

خدشت العبارة كرامتها وسنوات خبرتها في المستشفى فقد كانت اقدم منه بكثير في هذا المكان واكسبتها اقدميتها الكثير من الجرأة على الأطباء الصغار عديمي الخبرة فما كان منها إلا ان قذفت المحقن على المكتب وهي تقول في غضب واستعلاء :

- اعطها لنفسك اذن مادمت لا اعجبك.

التقط المحقن في ثورة غضب غير مبرره وهو يصرخ في هياج:

- يا بنت ال......

وقبل ان تفهم جميلة ما حدث او سر هذه الثورة المفاجئة انقض عليها عبد العظيم ليغرس المحقن في محجر عينها اليمنى في وحشية شديدة قبل ان ينتزعه مرة اخرى في ثورة ليغرسه في رقبتها ثم انهال عليها بالطعنات في

وجهها وصدرها ورقبتها وهي تصرخ تحاول تفادي طعناته بيدها اليمنى في حين غطت عينها المصابة بيسراها حتى انكسر سن المحقن فتهاوت امامه كبالون مثقوب والصدمة تعلو وجهها الذي غمرته الدماء بغزارة من محجر عينها.

ولكن هذا لم يهديء من ثورته فاخذ يضربها بقدمه بعنف مرات ومرات ثم انقض على خزانة حديدية ضخمة تحتوي ملابس الاطباء وبعض الملفات فجذبها بكل قوته فسقطت بثقلها فوق جثتها الهامدة ثم انطلق بثورته غير المبررة يحطم كل ما تطاله يداه بالغرفة حتى لم يبقى شيئا قائما على ساق فخرج في ثورة غضبه يحطم كل ما تصل إليه يداه في طريقه حتى خرج من المستشفى فركب سيارته وانطلق لا يلوي على شيء وهو يصرخ بجنون عنيف.

وعلى ارض الغرفة كانت الدماء تنزف بغزارة من جميلة من عينيها ومن جروحها المتعددة وقد تحطمت بعض ضلوعها اثر ركلاته التي انهالت على انحاء جسدها.

ولكن لم يكن هناك طبيب واحد بالمستشفى.

او ممرضة.

يمكنه انقاذها من مصيرها المحتوم.

وهي تلفظ انفاسها الاخيرة.

*****

(١٧)

توقفت سيارة عتيقة من طراز فيات ١٢٨ انتاج شركة نصر للسيارات امام الشاليه المغلق وترجلت منها سيدة خمسينية متجهمة ترتدي نظارة شمسية وخمارا طويلا فوق ثوب واسع من الجينز وتطلعت لحظة في ضجر إلى الباب المغلق امامها وزفرت بحنق فلقد بدا المكان خاليا من الناس.

كانت قد حاولت الاتصال صباحا اكثر من مرة بالسيد سعيد او بالسيدة مريم دون جدوى مما حملها حملا إلى زيارة المكان بنفسها وها هي تصل لتجد المكان خالياً بعد الرحلة الطويلة التي قطعتها دون جدوى.

كان الجو حارا خانقا وقد قارب الوقت على الظهيرة وتوسطت الشمس كبد السماء فاختفى المصطافين فذهب البعض إلى الشاطيء يطفأ حرارة الشمس في مياهه وبقي القليل نائما في برودة التكييف يحاول تعويض ساعات السهر لذا بدا صف الشاليهات مهجورا كمدينة اشباح.

طالعت العنوان ورقم الشاليه المكتوب في قصاصة صغيرة نقلتها من الملف المرسل إليها من قسم الشرطة امس مع مندوب خاص إلى دار الرعاية التي ترأسها منذ سنوات.

تأكدت من العنوان فقررت ان تطرق الشاليه ربما تجد احدهما نائما بالداخل كأمل اخير قبل ان ترحل محملة بالخيبة لتخطر القسم بعجزها عن الوصول إلى الأسرة التي تحتضن الفتاة الشريدة.

جففت عرقها بمنديل مزركش اخرجته من حقيبتها وارتقت السلالم صعودا وهي تزفر في ضيق فلم تكن تحب ان تصادف مثل هذه الرحلات حيت تصطدم نظراتها بما قد لا

يسرها من عراء المصطافين وهي السيدة المحجبة المتدينة ولكنها عزت نفسها بما في المهمة من ثواب كبير بإيواء طفلة صغيرة شريدة في هذا السن الصغير حتى تعثر الشرطة على اهلها وتردها اليهم بنجاح.

طرقت الباب برفق وهيا تنادي بحذر غير مبرر :

- سيد سعيد.... مدام مريم.... هل من احد هنا.

جاوبها الصمت للحظات قبل ان تلتقط اذنيها صوتا ضعيفا وكأنه استغاثة مكتومة فطرقت الباب بقوة اكبر وهي تقترب بأذنيها من الباب محاولة التقاط الصوت مرة اخرى وهي تهتف :

- هل من احد بالداخل... سيد سعيد.. مدام مريم انا مدام عفاف مديرة الدار اتيت لأصطحاب الطفلة نور.

جاوبها الصمت هذه المرة ولكن واجس اصاب قلبها ان شيئا ليس على ما يرام، هل سمعت حقا استغاثة !! هناك من يستغيث بالداخل، لابد ان هذا ما سمعته، تسارعت دقات قلبها وطفرت الدموع من عينيها كعادتها عندما تنفعل وهي تتلفت حولها في جزع تتطلع الى الشاليهات التي اصطفت بطول الشاطيء.

ماذا تفعل الأن وليس هناك من يساعدها؟! هداها تفكيرها وربما هو وحي من السماء فأسرعت إلى سيارتها والتقطت الهاتف المحمول من جراب انيق معلق في تابلوه السيارة وطلبت رقم القسم القريب وبعد دقيقة من الانتظار اجاب احدهم متسائلا في برود عن المتصل.

قدمت نفسها بسرعة تقديما وافيا على امل تسريع الاجراءات علها تبث الاهتمام في متلقي الاتصال وقالت وهي تلهث انفعالا بعد ان شرحت سبب تواجدها بالمكان :

- اعتقد ان احدهم مصابا بالداخل ارجو ارسال سيارة اسعاف تحسبا برجاء الاسراع فأنا وحدي هنا ولا استطيع التصرف.

اجاب الشخص الذي رد عليها دون تحديد هويته سائلا في بلادة:

- هل انت متأكدة مما سمعت ستتحرك سيارة الشرطة على مسئوليتك وسيتحرر ضدك محضر بلاغ كاذب أذا ثبت كذب ادعاءك.

صرخت به في غيظ قائلة:

- سيدي انا سيدة محترمة ومديرة لأحد دور الرعاية الحكومية وانا اقف هنا وحدي ارتجف رعبا وقلقا فهل من الممكن ان تسرع بإرسال من يعاونني على الفور.

تغيرت نبرة الرجل على الفور مع تصاعد حدة صوتها ليقول في حزم :

- لقد تم الاتصال بسيارة الأسعاف بالفعل وسيارة الدورية الأقرب إليك ستتوجه على الفور إلى موقعك من فضلك ابقي في مكانك حتى وصول النجدة.

اغلقت الخط بعد ان شكرته وهي تحمد الله في سرها على تواجدها في طابا فلو كانت بمنطقة اخرى لأستغرق الامر

ساعتين على الأقل قبل ان يستجيب احد لاستغاثتها وربما تجاهل القسم تماما بلاغها وعاودت الطرق على الباب بشدة فأتاها هذه المرة صوت انين خافت اعقبه هتافا مبحوحا سمعته بعثر كبير يقول :

- النجدة... ليساعدني احدكم.. انا احتضر.

جن جنون السيدة عفاف فور سماعها ذلك وانهالت على الباب بقبضتها وقد اغرقت الدموع وجهها، لابد ان تدخل الآن لا تستطيع انتظار سيارة الاسعاف هبطت السلم بسرعة ودارت حول الشاليه وقلبها يكاد يتوقف من فرط القلق والتوتر ولكن جميع النوافذ كانت مغلقة بإحكام فقبضت على صدرها تحاول تهدئة نبضات قلبها وفجأة لمحت بستانيا يقف في الحديقة الخلفية لأحد الشاليهات البعيدة فأنطلقت نحوه وهي تصرخ حتى شق حلقها فالتفت اليها البستاني واسرع إليه في اتجاهها وما ان وصلت إليه حتى فقدت تماسكها تماما مع كبر سنها ومجهود الركض الذي لم تمارسه منذ سنوات لا تحصى فانهارت على ركبتيها تبكي وتصرخ بكلمات مختلطة وسط لهاثها فقال البستاني مهدئا اياها بلهجته الصعيدية وهو يضع فأسه الملطخ بالطمي على الأرض :

- اهدئي يا حاجة.. ماذا حدث.. هه.. لا افهم.. خير ان شاء الله اهدئي.

استجمعت قوتها وعيناها تتسعان في لهفة ونهضت وهي تجذبه من يده قائلة :

- ارجوك ساعدني.. انه في خطر. تعالى معي بسرعة.

التقط الرجل المسكين فأسه واسرع خلفها وهو لا يفهم شيئا غير ان احداهم مصاب يحتاج المساعدة فهرولا معا حتى وصل إلى الشاليه ووقفا امام الباب فالتفتت إليه قائلة :

- ارجوك اكسر الباب بسرعة هناك رجل بالداخل يستغيث ويبدو انه مصاباً اصابه فهو يتكلم بضعف شديد.

توتر البستاني بشدة وقدر ان هذه السيدة لو كانت مخطئة فلقد فقد وظيفته للابد على اقل تقدير إن لم يواجه مشاكل مع الشرطة وصاحب الشاليه وهم دائما من علية القوم الذين يلتهمون امثاله على الافطار ولكن حميته الصعيدية جعلته يتجاهل الاحتمال فلم يكن ليتراجع عن مساعدة إمرأة في محنة فالصق أذنه بالباب لحظة لم يسمع فيها شيئا ولكنه كان قد اتخذ قراره بالفعل فاعتدل ثم دفع السن المعدني لفأسه في زاوية الباب وهو يحوقل وضغط على ذراع الفأس الطويلة محاولا تحطيم القفل باسلوب العتلة الذي استجاب على الفور فتحطم القفل واندفع الباب إلى الخلف بشدة ليصطدم بالجسد الملقى وسط الدماء على الارض ويرتد في وجوههم فصرخت مدام عفاف عندما رأت الدماء وحاولت التماسك للحظة ولكن في اللحظة التالية كانت تفترش الأرض فاقدة للوعي تاركة الرجل المسكين حائرا في الجثتين امامه لا يدري ما يصنع في هذه المصيبة الجديدة.

ولكن حيرته لم تطل فبعد دقائق وصلت سيارة الدورية وهبط منها الضابط واحد امناء الشرطة الذي قبض على الرجل المسكين على الفور وهو يصرخ فيه بلا سبب واضح في حين اسرع الضابط يفحص الجسدين الهامدان امامه ثم رفع راسه قائلا:

- الحمد لله مازالا على قيد الحياة ولكن هذا الرجل يحتاج إلى اسعاف عاجل.

ثم نظر إلى البستاني سائلا اياه:

- هل انت صاحب البلاغ ام السيدة.

اشار البستاني المرتعد وهو يتمتم بالدعاء والحوقلة وامين الشرطة يطبق على ساعدهإلى السيدة الملقاة على الارض فهتف الضابط بأمين الشرطة :

- اترك الرجل وساعدني في افاقة السيدة ثم افتح محضر بالواقعة.

انحنى امين الشرطة على مدام عفاف وصفع وجهها صفعات خفيفة وهو يناديها بـ (يا ست) قبل ان يقول :

- لقد افاقت يا باشا.

كانت عفاف قد بدأت بالافاقة بالفعل فاعتدلت ببطأ وهي تمسك رأسها فحاول امين الشرطة حملها ولكنها ازاحت يده قبل ان تلمسها قائلة:

- استطيع النهوض وحدي لا تلمسني من فضلك.

تراجع امين الشرطة في تبرم وضيق وبدأ يسأل البستاني وهو يفتح المحضر عما حدث واسبابه وعن فتح الشاليه وخلافه متجنبا سؤال مدام عفاف حتى تفيق تماما واستغرق الأمر دقائق حتى ارتفع صوت سيارة الاسعاف وهي تعلن عن وصولها وما هي إلا دقائق أخرى و كان المسعفون قد نقلوا جسد سعيد إليها لتنطلق نحو المستشفى تتبعها سيارة الدورية وسيارة مدام عفاف تاركين البستاني المسكين غير

مستوعب لما ينبغي فعله وهو يتطلع إلى الشاليه الخالي المفتوح كقلب صديق.

وربما لطبيعة الاوضاع الامنية في البلاد وخاصة في منطقة سيناء او لخوفه التقليدي من المشاكل هرع البستاني إلى محل السكن المشترك الذي يقيم فيه مع اقرانه فجمع حاجاياته ومتعلقاته وفر هاربا إلى بلدته.

*****

(١٨)

اقتربت ساعات النهار من نهايتها ومالت الشمس للمغيب عن يوم مشمس جميل عندما دق جرس التليفون في منزل أم مريم مما جعل أم مريم تنتفض هلعا قبل ان تتمالك نفسها وتوترها وترفع السماعة في خوف وترقب وكانها تنتظر خبر وفاة احد اقرباءها قبل ان تقول بصوت متحشرج ضعيف :

- الو...

اتاها صوت مريم مرحا منطلقاً لا اثر فيه لما مرت به من احداث وهي تهف :

- اماه.. كيف حالك لقد اشتقت لك كثيرا، لا تتصوري كم اتمنى ان تكوني معنا هنا، كيف حالك يا حبيبتي وكيف صحتك.

اعتصرت ام مريم السماعة بين اصابعها وهي تهتف :

- مريم ؟؟!!!! كيف انتي يا بنيتي.. لقد حاولت الاتصال بك مرارا اين كنت لقد قلقت عليكي كثيرا جدا جدا لماذا لم تجيبي على التليفون ؟؟ ماذا حدث يا مريم ؟؟...ماذا فعـ...ماذا فعلـ...

قاطعتها مريم قائلة محاولة تهدئتها قائلة:

- اهدئي يا امي نحن بخير تعرفين نحن عرسان جدد بالتأكيد كنا في البحر او نائمون لا تقلقي علينا كل شيء بخير على كل حال لا تحاولي الأتصال ثانية انا سأتصل بك كل يوم في نفس الميعاد حتى تطمئني علينا... سعيد يرسل لك تحياته.

دارت الام حول نفسها وكادت تسقط وهي لا تعي ما تسمع قبل ان تقول في رهبة عندما جاءت على ذكر سعيد :

- سعيد ؟؟!! اين انت يا مريم الأن ؟؟ وما الذي يحدث...

قاطعتها مريم مرة اخرى وهي تقول :

- اخبرتك نحن بخير سأذهب الأن فسعيد يناديني سأتصل بك غدا في نفس الموعد اتفقنا مع السلامة يا حبيبتي.

وضعت أم مريم السماعة وهي غير مصدقة لما يحدث وانه يحدث لها هي بالذات بل لأبنتها الوحيدة التي عاشت العمر تربيها لتكون استاذة كبيرة بالجامعة فينتهي بها الامر إلى هذا ! .

مجرمة هاربة.....؟؟؟

ولماذا ؟؟؟؟

هل فعل سعيد شيئاً اجبرها على الدفاع عن نفسها !!.

لابد من ذلك لا يمكن ان تأتي بهذا الفعل من الفراغ..

كانت قد تلقت اتصالا من قسم الشرطة واخر من المستشفى التي يعالج بها سعيد كان الاتصال الأول من قسم الشرطة للسؤال عن مريم ومكان تواجدها وبالطبع شرح لها الضابط الموقف وان محاولة التستر على ابنتها الوحيدة صارت جريمة في حقها تعرضها للمسائلة القانونية ..!!

ابنتها هي..!!

ثم جاء الاتصال من المستشفى التي استطاع سعيد نفسه في احد لحظات الافاقة ان يدلي بمن يمكنه الاتصال به ولما لم

يكن له من يعني به سوى د. حاتم وهي فاخبرهم برقمها قبل ان يغيب عن الوعي مرة اخرى..

اخبرهم برقمها هي وليس رقم حاتم ابيه الروحي.

اخبرهم برقمها هي ربما ليحذرها من ابنتها وما قد تقدم عليه.

اخبرهم رقمها دونا عن اي من اهله.

وها هي ابنت بطنها تتصل بها لتخدعها وتكذب عليها.

فهل تصدق ما يرونه عنها.

هل تصدق حقا انها آذت زوجها وفرت هاربة.

ولكن قلبها يخبرها ان الامور ليست على ما يرام.

شيء رهيب حدث غير ابنتها بالتأكيد.

هذه التي تتظاهر بالمرح ليست ابنتها حتى لو كانت قد سرقت صوتها.

لا يمكن ان تصدق هذا.

وبأسى والدموع تغرق وجهها وقلبها يكاد ينسحق داخل صدرها رفعت سماعة الهاتف وهي تنتحب للتصل بالرقم الوحيد الذي خطر على عقلها في هذه اللحظة.

رقم د. حاتم.

في نفس اللحظة تقريبا اغلقت مريم مكالمتها مع امها وهي تثبت نظرها على الطريق في آلية في حين دوى الصوت في رأسها قائلا:

- احسنت.. هذا سيمنحنا بعض الوقت.

نظرت نظرة عابرة إلى المسخ الجالس جوارها والذي بدا في هيئته الحقيقية الأن خليط من الطين اليابس واللحاء والاغصان يغلفان جسما عضويا متموجا غير محدد الملامح تماما إلا من وجه شبه بشري تكاثفت مجموعة من الاوراق على تكوينه كان التكوين العام اشبه بالبشر من حيث الذراعين والساقين والرأس الذين تألفا من الأغصان المتضافرة لكن المنظر العام ذكرها بشكل الساحرة الشريرة في فيلم the last witch hunter إن كنت قد رأيته فقد اقتربت كثيرا مما اقصد من وصف.

عادت تتطلع إلى الطريق قبل ان تقول :

- ليس كثيرا....

كان عقلها في صراع شديد الأن بين حبها وقلبها الذان يخبرانها ان تهرع لتطمئن على سعيد لتركع عند قدميه أسفه مستجدية لعفوه وبين السيطرة الشديدة التي يفرضها الكيان الشجري الذى احتل جميع خلجاتها وظلت تتسائل في نفسها عن سعيد وقد احتلت صورته كامل المشهد امامها حتى لم تعد ترى الطريق.

هل نجا ؟؟ هل عثر عليه احداهم ؟؟.

هل مات ؟!!!!!!

لا تستطيع تصور ذلك.

هل قتلته ؟!؟؟! هي قتلته ؟؟

قتلت سعيد!!!؟

كانت كل هذه الافكار تدور في عقلها الذي كان مشلولا تماما عن اتخاذ اي قرار او فعل وكأنه فقد تماما هويته

وصار عبدا مطيعا لذلك المسخ بجوارها لا تملك ادنى قدرة على الاعتراض حتى ولو حاولت رغم الصراع الشديد في عقلها ورغم وعيها الكامل إلا انه امتلك ناصيتها وإرادتها فصارت ملكا له بلا حول ولا قوة..

اجاب افكارها التي كانت ككتاب مفتوح امامه :

- لم اطلب منك قتله طلبت فقط ان توقفيه انت قتلته يبدوا انك تكرهينه في داخلك عكس ما تبدين من حب.

هزت رأسها في يأس قائلة :

- لم امتلك القدرة على الاختيار او اتخاذ القرار انت طلبت ايقافه فأوقفته هكذا فقط بالطريقة التي بدت امامي في هذه اللحظة

سالت دموعها بغزارة وهي تردد وسط نحيبها :

- لم اختر ذلك.. لم افعل.. انت اجبرتني على قتله.. لم امتلك اي مشاعر وقتها.. كأني ألة.. كيف فعلت ذلك بي.. أنا اعتنيت بك واطعمتك.. لم اكن اعلم انك شيطان.. ستسلبني نفسي وزوجي وحياتي.. كيف فعلت ذلك.. كيف ؟؟.

إختلت عجلة القيادة في يدها فنظر إليها وعلى الفور اختفت مشاعرها تماما وتجمدت ملامحها وإن لم تتوقف دموعها عن الانهمار فتردد الصوت في عقلها :

- لا اعلم كيف.. لم يمتلك هذه القدرة أي من اسلافي.. فقط كان لدينا القدرة على ان نتكلم بعقولنا.. ولكني هجين ربما لهذا دورا في تطوري.. انه امر جديد لم اسيطر عليه تماما..

ثم نظر إليها والصوت يدوي في عقلها :

- انا اسف حقا على تدمير حياتك لم يكن هذا في مخططي كان منالمفترض ان ارحل عما قريب دون انا اسبب لك المتاعب ولكن الأحداث فرضت نفسها.

نظرت إليه بنظرة جامدة تخلو من اي مشاعر وهي تقول :

- إلى اين ؟.

دوى الصوت في عقلها قائلا :

- لا اعلم بعد.. شيئا ما يجذبني إلى ان اتجه غربا.. ربما ذكرى من ذكريات اسلافي.. وربما شيئا ما يناديني.. سأعرف عندما اصل بالتأكيد.

لاحت بوابات القاهرة من بعيد فاتخذ الكيان هيئة نور الفتاة الصغيرة ببطأ اشعرها بالتقزز وهي تراه يتمدد وينكمش ويطغى هيكله العضوي على شكله الشجري قبل ان يستقر على الهيئة الجديدة فمسحت وجهها واعتدلت استعدادا للمرور.

مضت الرحلة بهم وعبرت البوابات في طريقها إلى القاهرة وفور ان عبرت جاءت الرسالة الاسلكية بضرورة ايقاف السيارة فور عبورها ولكن الامر كان قد افلت من يد ضابط المرور فابلغ المتصل بمرور السيارة بالفعل بالبوابات وميعاد خروجها واغلق الأشارة وهو يتطلع إلى مؤخرة السيارة من بعيد وهي تغيب مع الشمس في الأفق.

(١٩)

توقفت سيارة د. حاتم امام مبنى المخابرات العامة وصفها حاتم بين السيارات وجلس يتطلع إلى المبنى المهيب في قلق كانت الشمس قد اوشكت على المغيب واختلط كل شيء بلون الظلمة القادمة حتى الهواء.

كان يشعر بالتوتر الشديد فهو دكتور جامعي لم يطأ من قبل مكان كهذا بل لا يتذكر انه دخل قسم الشرطة إلا لاستخراج الفيش الجنائي او تصريح السفر وكان التعامل مع السلطات الرسمية يصيبه دائما بالتوتر والقلق حتى انه لم يكن ينام في الليالي التي تسبق زيارته لقسم الشرطة لأستخراج هذه التصاريح من قبل والأن عليه ان يتوجه إلى أخر مكان قد يخطر بباله حاجته إليه ولكن الأمر حتمي فهو لا يرى أي سبيل أخر لنجاته او نجاة هذا البلد الأمن إلا هذا الطريق.

نظر إلى ساعته ثم تطلع إلى المبنى إن الوقت متأخر جدا فعلى ما يعتقد كان لابد ان ينتظر الصباح فلا ريب ان المكاتب الإدارية قد خلت الأن من شاغليهاودار في ذهنه الطريقة التي يتوجب عليه الابلاغ بها هل هي مثل قسم الشرطة يقدم بلاغ في محضر رسمي ام انه سيدخل المكان معلنا انه بصدد الإبلاغ عن مخطط لتدمير البلاد ويريد التحدث مع احد الضباط لا ريب انهم سيعتقدون انه مجنون أخر ويودعونه احد المصحات وخاصة مع القصة التي سيرويها على أذانهم عن الطفيل والابحاث السرية.

تذكر الابحاث القابعة في جيب بدلته الداخلي فاخرجها في لهفة وفتحها في توتر جعل يده ترتجف.

أمم قبلكم

كان الملف متخما بالاوراق والتجارب والرسومات ولكن الورقة الأولى كانت موجهة إليه كالعادة وكانت تقول :

صديقي العزيز د. حاتم

لا اعلم ان كنت قرأت خطابي لك أم لا فأن لم تكن قرأته فأرجو تقرأه أولا قبل مراجعة تلك الاوراق.

إن الوقت ضيق.

ولا اضمن ان تصلك هذه الاوراق في الوقت المناسب للفحص والتمحيص لذلك اكتب لك هذه الكلمات السريعة التي تلخص ما اكتشفته عن هذا الطفيل الغريب.

اولا: هذا الطفيل هو نبات ليس إلا، هو نبات بالكامل وسر قدرته انه يستغل الجهاز العصبي للضحية لمصلحته هو فيسيطر عليه تماما ويصير واحدا من اجهزة جسمه فيتحد معه وهنا يتحول من مجرد نبات إلى كيان واعي يرى ويسمع ويبطش مستغلا جسد ضحيته تماما وخلال ذلك يقوم بالتغذي بإمتصاص السوائل الحيوية للعائل مسببا فشلا في الأجهزة الحيوية للجسم فهو من نوعية الطفيليات التي تدمر جسم المضيف ويؤدي في النهاية إلى الوفاة.

ثانيا: هذا الطفيل لا يتكاثر بأي طريقة معروفة أو انني لم اكتشف بعض الطريقة ولكن يقوم بإرسال جزء من ذاته عند شعوره بموت العائل فيضرب احد فروعه بممصاته الشوكية جلد المريض عند شعوره بالتصاق كيان حي بجسم العائل مسببا جرح في كلا الجسدين لينقل جزء من ذاته إلى العائل الجديد ومن ثم يذوب باقي جسم الطفيل ويتحلل تماما في الجسد العائل الميت وهذا الجزء المنتقل كفيل بتجديد دورة حياته في فترة لا تتجاوز اليومين بالنسبة

للبشر وتتضائل المدة حسب حجب الجسم المضيف في الانواع الأخرى.

ثالثا: من النقطة السابقة يتضح انه لا يمكن اعتباره شكل من اشكال الامراض الوبائية وهذا بالضبط موضوع تجارب مخابرات احد الدول المعادية في محاولة يائسة لتحويله إلي شكل وبائي والتي باءت كلها بالفشل فالطفيل حتى الان اشبه بمحتل ينتقل من جسد إلى جسد فإن مات الجسد العائل دون أن يجد عائل جديد فالمفترض أن يتحلل تماما في فترة لا تتجاوز الساعة ونظرا لندرة العينة لم يتم التأكد من هذه النقطة ابدا ولكن تبقى في اطار النظرية.

رابعا: الطفيل يمكنه اصابه أي جسم حي عن طريق ابتلاع بذرته ابتداءا- والتي لم يستدل على كيفية تكونها الا إذا كان في الأمكان انبات هذا الطفيل خارج الجسد وهو مالم يحدث او للدقة لم يكتشف كيفية حدوثه ـ او عن طريق الانتقال من جسد لجسد ولم تفلح اي محاولات لاستنبات البذرة خارج هذه الظروف المقيدة ولكن قوته الحقيقية تتبلور في حالة العائل الذكى ذو الجهاز العصبى المركزي وتبدأ الاعراض بحمى وتفكك في وظائف الاعصاب كالحركة والرؤية وحساسية شديدة أذ يهاجم الجهاز المناعى الطفيل ولكن نظرا لطبيعته النباتية وقدرتة الشديدة على التجدد تبؤ محاولات الجهاز المناعى بالفشل دائما لينتهى الامر بالسيطرة التامة على كامل الجسد.

خامسا: يسبب الطفيل حالة من الهياج والجنوح المرضى للتدمير والقتل ومن ثم فإن المصاب بالطفيل هو شخص خطير لأقصى حد وتبقى الضحية شبه واعية طوال فترة احتلال الطفيل لجسدها مما يسبب ضغوطا نفسية شديدة على الضحية قد تؤدي لتوقف القلب في بعض الحالات.

سادسا واخيرا: طوال هذه السنوات لم نعثر سواء من خلال ابحاثي او ابحاث الدولة المعادية التي ذكرت علاج شافي من الطفيل دون ان يسبب موت الضحية نظرا للارتباط الشديد الذي ينشأ بين الطفيل والجهاز العصبي للضحية مما يجعل اي دواء يؤثر فيه يؤثر تبعا في الجهاز العصبي والمخ مما يؤدي إلى الوفاة ولكن بعض العلاجات استطاعت التأثير على نشاطه مما يمكن المخ والجهاز العصبي من استعادة السيطرة على الجسد وعودة التعقل للضحية ولكن لفترات وجيزة يعاود فيها الطفيل سيطرته بقوة.

سرعة تطور الطفيل وتكيفه مع البيئة المحيطة اسوء من فيروس الانفلونزا فهو يستطيع التكيف مع أي جسد ويقاوم أي علاج طرح في البحث حتى لو اثر عليه في البداية إلا انه سرعان ما يتطور ويقاوم هذا التأثير.

والحل ؟؟ الحل الوحيد هو موت الضحية في ظروف لا تسمح بانتقال الطفيل اي عدم وجود جسم حي يستطيع الانتقال إليه.

ولكن للتذكير فهذا الحل افتراضي لم يتم تجربته ابدا ولا يوجد أي معلومة عن رد فعل الطفيل في هذه الحالة او مدى قدرته على مهاجمة جسم اخر بعيد عن الضحية او قدرته على البقاء خارج الجسد العائل.

لقد اوجزت قدر الإمكان سنوات من البحث في هذه الصفحات علها تكون مرشدا لك في تعاملك معه وكل ما اتمناه من الله ألا تكون بجانبي عند وفاتي فيصيبك ما اصابني اتمنى أن اموت وحيدا بعيد عن الناس لعل هذا يقضى على هذه اللعنة إلى الأبد.

د. محمود الغيطي

اراح د. حاتم راسه على مسند الكرسي في تعب واغمض عينيه وكأنه يقاوم تلك الصورة التي ارتسمت في ذهنه لدكتور محمود صديقة وهو يقتل ويدمر ولم يستطع تقبل الصورة التي رسمها ذهنه فلفظها على الفور.

هل هذا ما يجب ان يخبر ضابط المخابرات به إذا نجح في لقاءه ؟!!

لا ريب انه سيعتبره مجنونا على الفور وسيقضي باقي عمره في مصحة ما ثم ما الدليل الذي في يده غير ابحاث رجل متوفي لا تعني الكثير بدون عينة حية تؤكد ذلك.

وبدون ان يشعر انتقل ذهنه للتفكير في منال والقرد.

هل مات القرد عندما ضربه ؟؟.

هل ماتت منال ؟!!.

هل اصبح قاتلاً اخيراً حتى ولو لم يصبه الطفيل ؟!!؟؟.

ما مصير الطفيل الأن ؟.

افكار كثيرة استرسلت في عقله وكلها رسمت نهاية مظلمة لتلك المقابلة المرتقبة مع جهاز المخابرات بكل سطوته.

فجأة انتفض جسده على رنين الهاتف فكاد يتوقف قلبه من الذعر فأمسك صدره وهو يتنفس بعمق محاولا السيطرة على اعصابه قبل ان يرفع الهاتف امام عينيه ليقرأ اسم ام مريم على شاشته فزفر في ارتياح واستقبل المكالمة راسما ابتسامة على وجهه محاولا بها السيطرة على صوته المرتعش وقال :

- مرحبا يا ام مريم كيف حالك وكيف حال عرسـ..

قاطعته أم مريم وهي تهتف بصوت كسرينة الانذار :

- انجدني يا د. حاتم ارأيت ما فعلت جوازتك المشئومة لقد ضاعت ابنتي منى.. اه يا ابنتي.. لقد ضاعت البنت.

وواصلت النحيب والولولة حتى شعر د. حاتم انه سيلفظ مخه من فمه من فرط الصداع الذي اصابه وهو يحاول تهدئتها ليفهم الأمر لكن هيهات فما كان منه إلا قال في النهاية :

- حسناً حسناً.. سأتي في الحال.

واغلق المكالمة وهو يتطلع إلى المبني الجاثم امامه وكأنه يجثم على انفاسه قبل ان يغمغم وهو يدير السيارة :

- حسنا ربما ليس اليوم ولكن الأمر قادم لا محالة فقط ليس اليوم.

وانطلق بالسيارة نحو منزل أم مريم وهو يحاول تصور المصيبة الجديدة التي حلت بالعروسين

ولكنه ذهنه عجز تماما عن تصور اي خلاف قد يحدث بينهم يسبب هذه الحالة الهستيرية التي كانت عليها ام مريم فلعن في نفسه هيستريا النساء وان كان لم يستطع التخلص من هذا القلق الذي تسرب إلى قلبه وهو يشعر أن شيئا ما قد اصاب العروسين.

شيئا يتعدى الشجار او الخلافات التقليدية.

يتعداها بكثير.

******

(٢٠)

دخلت منال مكتبها في حالة عصبية شديدة وما ان دخلت المكتب حتى اطاحت بحقيبتها بعرض الحائط هي تضرب المكتب بقبضتها الاخرى ثم تبعت ذلك بالاطاحة بكل ما على المكتب وهي تصرخ في هياج وغضب شديد.

افرغت غضبها وانهارت فوق المقعد وهي تتحسس جرح متهتك اصاب رقبتها فوق ترقوتها مباشرة في ضيق شديد ثم انهارت اعصابها فجأة فغطت وجهها بكفيها وانهمرت دموعها انهارا.

استغرقت ما يقارب الدقائق العشر وهي على هذا الوضع ولكنها عندما رفعت وجهها كانت قد ارتدت وجها جديدا قاسيا مسيطرا فمسحت دموعها واخرجت مرآتها وادوات زينتها واصلحت ما افسده البكاء من زينتها.

نهضت في تثاقل واعادت ادوات المكتب واعادت ترتيبها في هدوء يناقض ما فعلته منذ دقائق قبل ان تجلس مرة اخرى على المكتب وتغرق في حالة من الشرود وقد بدأت دموعها تتحسس طريقها مرة اخرى إلى وجنتيها لولا ان دق جرس الهاتف لينتزعها من هذه الحالة فتمالكت نفسها ومسحت بقايا دموع طفرت على وجنتيها وهي تقول :

-    اللعنة ماذا ساقول له ؟.

نظرت إلى ساعتها وفتحت الخط وهي تقول في صوت حاولت اكسابه اكبرقدر من الهدوء فخرج مرتعشا :

-    الو.

- جيد لقد استلمت الخط المؤمن بالفعل انتظرت تقريرك.
- طويلا حتى شككت بالأمر ماذا اصابك.
- لم استلم الخط الجديد إلا منذ دقائق فقد تطورت الاحداث بسرعة لم استطع السيطرة عليها.
- ماذا تعنين ؟؟.

ابتلعت ريقها قبل ان تقول وهي تجهز نفسها لردة فعله :

- عندما ذهبت إلى شقة المرحوم كان صديقه الذي تخلصت منه في المستشفى هناك بالفعل.
- ثم ؟.

تنهدت في يأس واستطردت :

- الهدف الثاني قد مات لقد اجرى التجربة -او أن اخر تجاربه- قد انتهت بقرد يحمل العدوى ولقد مات اثناء المواجهة مع د. حاتم.
- والأبحاث ؟.
- لم اعثر لها على اثر واغلب الظن إنها في حيازة د. حاتم الأن لا ريب انه عثر عليها عندما وصل الشقة قبلي لقد كان لديه الوقت الكافي للبحث.
- والطفيل ؟ اين هو الأن ؟ في أي جسد ؟.

ابتلعت ريقها مرة اخرى فغصت به للحظة قبل ان تقول :

- في جسدي أنا لقد انتقل إلي بعد موت القرد.
- إذا لم تفشل المهمة بعد انتظري مكانك حتى يأتيكي احد رجالنا لا تتحركي من مكانك.

واغلق الخط فالقت الهاتف على المكتب وهي تفكر بعمق.

هل يظن انها ستقبل التحول لفأر تجارب !!.

انها تفضل ان تقتل نفسها على ان تستسلم لهذا المصير ولكنه سيكون الحل الأخير فمازالت تحمل في جعبتها بعض الأفكار نهضت لتلتقط حقيبتها وتخرج مجموعة من علب الدواء لا تحمل اي اشارة لمحتواها سوى بعض الأرقام على جانبها كانت قد التقطتها من صيدلية د. محمود بعد ان افاقت في شقته واكتشفت اصابتها لتقوم بتفتيش الشقة بدقة مبعثرة كل ما وقع تحت يدها في غضب بالغ حتى وجدت تلك العلب في الصيدلية.

هي تعلم تماماً ماهية هذه العلب انها الادوية التي كان يتعاطاها د. محمود للسيطرة على الطفيل والتي سرقها من معاملهم وقام بانتاجها بنفسه بعد تحليلها كميائيا في احد المعامل الصغيرة بالقرب من العاصمة.

لم تذهب سنوات المراقبة هباءا إذاً.

كانت الكمية قليلة ولكنها تعلم تماما مكان المعمل وتستطيع التواصل معهم وربما تستطيع اجبارهم على صنع المزيد.

الشيء الوحيد الذي كانت تجهله هو الجرعة المطلوبة لكل دواء وميعادها ولكنها كانت على اتم استعداد للتجربة حتى لو اودت بحياتها فالموت خير من التحول لفأر تجارب حبيس المختبر وهي تعلم تماما ان دولتها لن تتورع عن تشريحها حية لأستخراج الطفيل بعد ان فقدوا العينة الأولى.

وما ان وصلت إلى هذه النقطة حتى انحرف تفكيرها فورا وهي تتساءل في نفسها ترى من اصيب بالعينة الأولى وكيف حاله الأن ؟؟.

لقد مر اكثر من يومان ولابد أن أعراض الهياج بدأت في الظهور!.

يبدو ان الهدف الاول للمهمة سيتحقق رغما عن أنف الجميع فالعينة الأولى بالفعل تجوب الشوارع الأن ناشرة الفوضى في كل مكان بالتأكيد.

ولكن دون انتشار العدوى الوبائي تبقى حالة واحدة يمكن السيطرة عليها بسهولة ويبقى تأثيرها محدودا.

يجب أن تجد الابحاث الخاصة بالدكتور محمود فلا ريب انه استطاع صياغة الطفيل بشكل وبائي وإلا لماذا حرص بشدة ألا تقع الابحاث في ايديهم.

يجب ان تعثر على د. حاتم بأسرع وقت قبل ان يرتكب فعلا متهورا فيتخلص من الابحاث أو يسلمها للسلطات المصرية.

التقطت العلب تباعا وتناولت حبة من كل علبة كجرعة مبدئية وأعادتها إلى حقيبتها وقد عقدت العزم على الاستمرار في المهمة بأي ثمن.

فهذه الابحاث ربما تكون الحل الأخير لنجاح المهمة وعودتها المُشرفة للجهاز دون التحول لفأر تجارب.

يجب ايضا ان تبحث عن العينة الأولى قبل ان تجدها السلطات المصرية وتقضي عليها فهي البديل العملي الذي سينقذها من مصيرهاالحتمي حتى تجد حل فعال.

ولكنها تعلم الحل الفعال.

يجب ان تموت !.

بشكل مؤقت طبعا يسمح بإنتقال الطفيل إلى جسد أخر ثم إعادة انعاشها مرة اخرى وهذا يتطلب البحث عن طبيب ماهر للقيام بذلك.

عندما وصلت أفكارها إلى هذا الحد التقطت حقيبتها ونهضت في نشاط متجهة إلى المكان الوحيد الذي ستجد فيه طبيبا في هذه الساعة.

إن كانوا يظنون انها ستنتظر في مكانها حتى يمسكوا بها فقدوا اخطئوا الظن إلى حد بعيد.

وفي دقائق معدودة كانت تركب سيارتها تقطع شوارع العاصمة نحو المستشفى الاقرب إليها وهي تتحسس مسدسها داخل حقيبتها.

ستجبر الطبيب على فعلها لو تطلب الأمر بالقوة.

ولكنها ليست مستعدة ابداً لتكون فأر مختبر.

ولن تكون !.

*****

توقفت منال بسيارتها بعيدا قليلا عن المستشفى الجامعي وتطلعت إليه تراقب المكان بعين خبيرة كانت الساعة قد تعدت منتصف الليل والهدوء يعم المكان إلا من اثنين من المسعفين وقفا يتسامران مع احد سائقي سيارات الإسعاف وهو يدخنون سجائرهم الرخيصة قتلا للملل،غير ذلك لم يكن هناك احدا على الإطلاق امام المستشفى وقدرت انها بقليل من الحنكة والمهارة تستطيع التسلل دون أن يراها أحد فما هي مقدمة عليه لا يحتمل شهودا من أي نوع.

كانت قد اختارت المستشفى الجامعي دون تردد كبير فبالتأكيد مع توافر الأجهزة الطبية والمعدات احتمالات الفشل تتقلص وهي لم تكن مستعدة للمخاطرة بحياتها اكثر مما فعلت.

تسللت بهدوء متجهة إلى قسم الطواريء وهو المكان الذي قدرت يقينا انها ستجد مرادها فيه في مثل هذه الساعة التي يتعذر فيها العثور على طبيب ماهر.

كان عنبر الطوارئ خاليا تقريبا إلا من حالة واحدة يبدو مصاب حادث ليس بجواره احد على الإطلاق ولم يبد واعيا لما يحدث حوله ويئن في صمت لكن لا يوجد اطباء أو ممرضات أو حتى مرضى مما اشعرها بالتوتر والخوف من فشل مهمتها في العثور على طبيب لم يجده هذا الجريح قبلها ولكنها تابعت خطاها لتخرج من عنبر الطوارئ إلى قلب المستشفى الخالي محاولة الوصول إلى احد الأطباء دون اثارة ضوضاء او شبهات غير مرغوبة.

ممرات وممرات كثيرة متشعبة كانت زارت المكان من قبل عندما تسلمت جثمان ذلك اللعين الذي أبى الموت بهدوء دون أن يترك لها مشاكل لا تحصى وطفيل ينمو في جسدها في كل لحظة ولكن الأروقة الخالية المتشابهة جعلت المهمة عسيرة.

لاتدري متى شعرت أن الامر ليس على ما يرام.

ربما عندما عثرت على هذا الممر الخالي إلا من محفة سقطت على جانبها ومطفأة حريق تم ضرب الحائط بها عدة مرات حتى انبعجت وانفجرت وهاهي ملقاة بجوار الحائط تحتضر وربما قبل ذلك.

كانت رغوة المطفأة لم تنطفيء بعد مما يدل على ان الحادث الذي اودى بحياتها لم يمضي عليه اكثر من عدة دقائق لا غير!.

اقتربت منال من الحجرة في نهاية الممر والتي بدى بابها من بعيد وكأنه مخلوع من احد مفصلاته وهي تستجمع افكارها.

لقد مات د. محمود في هذا المكان منذ يومان !

الطفيل لم يظهر بعد، لابد انه انتقل إلى احد من المتعاملين مع جثته ولكن طور ظهوره ـ أن كان قد انتقل بالفعل ـ يجب أن يكون قد ظهر الأن،فهل هذه الإشارات تدل او ناتجة عن هذه الأصابة !

ما ان وصلت إلى هذه النقطة حتى اسرعت الخطى نحو الغرفة متخلية عن حذرها فهي على كل حال مصابة بالفعل بالطفيل ولن يصبح الأمر اسوء عنما تلتقي بزميل ! يجب ان تعثر على هذا العائل قبل ان يختفي اثره فهو البديل الوحيد كي لا تصبح هي فأر تجارب لدى مخابرات دولتها.

ما أن دخلت الغرفة حتى وقعت عينيها على الفوضي الضاربة اطنابها في المكان ففي منتصف الغرفة كانت الخزانة الضخمة منكبة على وجهها على الأرض وتبعثرت حولها الملفات وملابس الاطباء والمكتب المعدني في الركن وقد انقلب رأسا على عقب والمقاعد محطمة تماما وتبعثرت اجزائها في كل مكان.

بهتت منال للحظة فلم تكن رأت من قبل الدمار الذي تخلفه حالات الأصابة ورائها ولم تتصوره وفي داخلها رثت لحالها ان تتحول لمثل ذلك الهياج في ظرف يومان فاحتضنت كتفيها بذراعيها وهي ترتجف وكادت تغادر

الغرفة لتبحث عنه لولا أن سمعت الأنين اسفل الخزانة العملاقة فجأة.

إحداهم هنا ؟!! هل هو المصاب بالطفيل ؟؟ هل سقطت الخزانة فوقه فلم يستطع الحركة ؟؟ هل هو احد ضحاياه ؟ والأهم هل ينبغي لها انقاذه إذا كان الهدف الأساسي من عملها هو نشر الفوضي وحالات القتل في كل مكان ؟.

لم تستطع اختيار الفرار من المكان بعد ان ميزت الصوت الأمر يختلف كثيرا أن تأمر من خلف مكتبك أو تقضي بقتل أنسان وبين ان تقف على رأس جريح يصارع الموت شتان بين هذا وذاك، ارتجفت وهي تنحني ببطأ وحذر لتنظر اسفل الخزانة لتفاجيء رغم علمها المسبق بجثة الممرضة جميلة وقد تكورت حول نفسها تداري عينها النازفة بكفها والدماء تتسرب من كل جزء في جسدها.

هذه المرأة تحتاج لأسعاف عاجل وهي لن تقوى على رفع الخزانة وحدها ايضا فماذا تفعل أنها لم تصادف طبيبا واحدا في المكان وهي تتجول فيه او حتى ممرضة إ، تلفتت حولها في رعب سيطر على عقلها من المنظر المرعب للمرضة مقلوعة العين وهي تهتف :

- يا إلهي.. انتظري مكانك.. سآتي بالمساعدة حالا.

لم تكن جميلة قادرة على الرد عليها وقد بدأت حياتها تتسرب من جروحها الكثيرة ولكنها اومئت برأسها للحظة وهي مستسلمة تماما ثم غابت عن الوعي فمدت منال يدها تهزها اسفل الخزانة وهي تصرخ :

- لا.. لا تفعلي بي هذا.. ابقي معي سأجلب المساعدة صدقيني.. لا تموتي الأن يجب أن أعرف من فعل هذا.. انتظري سأعود على الفور.

ولما لم تتلقى رد نهضت بسرعة وجرت في الممرات الخالية تبحث عن احداً - أي احد - قد يساعدها ولكن الجناح كان خاليا تماما وفجأة قفز إلى ذهنها صورة المسعفين القابعين أمام المستشفى يدخنان فأسرعت تغادر المكان وهي تتمنى ان تجدهما هناك وألا تموت الممرضة قبل أن تعود لتخبرها عن الفاعل قبل أن تفقد اثره.

لحسن الحظ كان المسعفين مازالا على وضعهما أمام سيارة الإسعاف يتمازحان فأسرعت إليهما وهي تولول وتتندب فهرعا إليها وبكلمات مقتضبة شرحت لهما انها كانت تبحث عن الطبيب لحالة الطواريء التي رأتها عند دخولها لتعثر على الممرضة في احد الغرف وهي تنزف وقد سقطت الخزانة عليها فأسرعا معها وهما يحوقلان واستطاعا بعد جهد رفع الخزانة الثقيلة عن الجسد المحطم اسفلها واسرع احدهم فجلب المحفة المقلوبة من الممر وما هي إلا دقائق وكانت جميلة ترقد على احد اسرة الطوارئ وقد غطى معظم جسدها ضمادات نظيفة وقد استقرت حالتها بعد ان اعطاها أحد المسعفين حقنة مهدئة ولكن احد المسعفين قال لمنال في توتر :

- لقد اوقفنا النزيف وحالتها مستقرة نوعا ولكن يبدو أن لديها كسور في اضلعها وربما يوجد نزيف داخلي يجب عمل اشعة بسرعة ويجب ان يراها طبيبا.

ثم تلفت حوله في حنق :

- وهذا الفتى هناك يجب أن يصنع له نفس الامر فلا ريب انه يعاني من كسور ربما تكون اشد خطورة.. اين الطبيب بحق السماء وكيف حدث هذا لقد ادخلنا هذا المريض منذ نصف ساعة الآن

وهذه الممرضة استقبلتنا وذهبت لإحضار الطبيب كيف انقلب الوضع إلى ذلك الحال ؟؟.

قال المسعف الأخر في توتر :

- يبدوا إننا سنضطر إلى نقلهما مرة اخرى إلى اقرب مستشفى وإلا فقدناهما لقد تفقدت المكان منذ لحظات لا اثر للطبيب في أي مكان.

قالت منال في توتر هي الأخرى :

- ألا يمكن أن نجد احد الاطباء في قسم أخر من المستشفى أنتما أدرى بذلك.

هز المسعف الأول رأسه وهو يقول :

- ربما نجد ممرضة أو اثنتين في عنبر الحالات الحرجة أو في قسم العناية المركزة لكن لا اطباء المفترض ان يكون هناك طبيبان على الأقل في الطوارئ ليلا ولكن لا أثر لأحد.

سألت منال في حذر :

- هل تعرف اسمي الطبيبان المنوبان الليلة أو ارقام تليفوناتهما.

هز رأسه مرة اخرى وهو يقول :

- د. وليد و د. عبد العظيم لدي رقم د. وليد ولكن رقم د. عبد العظيم تجديه في الإستقبال ولا احد هناك الأن.

سجلت الرقم الذي املاه عليها بسرعة على هاتفها واعتذرت منهما واتجهت بسرعة إلى الأستقبال منتهزة

فرصة انشغالهما لتفتش عن رقم د. عبد العظيم حتى وجدت ضالتها في أحد الدفاتر الموضوعة هناك فدونتها وتسللت بسرعة من المستشفى لتركب السيارة وتنطلق بها فقد انتهت مهمتها هنا.

على الاقل لقد وجدت طرف خيط على انتقال الطفيل إلى جسد احد الطبيبان المنوبان وسوف تتبعه إلى النهاية.

مهما كلفها هذا الأمر من عناء.

قبل أن تفقد سيطرتها على عقلها وجسدها.

قبل أن تفقد كل شيء.

****

(٢١)

استيقظ فجاة عقل سعيد وكأنما هو مصباح وصله التيار فأضاء من فوره ولكنه لم يفتح عينيه على الفور.

كان يشعر بالألم في مؤخرة راسه وصداع شديد اكتنف عقله ورغم ذلك كان ذهنه صافيا تماما وافكاره واضحة وجسده خفيفا وكأنه يطفو في بركة ماء.

اين أنا ؟؟؟؟

تسلل السؤال إلى عقله في بطأ وعلى الفور تذكر ما حدث وعادت مشاهد الاحداث السابقة تغزو عقله في قسوة.

مريم ؟؟ لقد تركها في قبضة تلك الشيطانة الصغيرة.

مريم ضربته بالمزهرية على رأسه !!.

هل قصدت قتله ؟؟.

لا يتصور ذلك هي بلا ريب تحت تأثير الشيطانة التي استعبدتها.

عاد إلى ذهنه صورتها وهي جاثية على ركبتيها أمام نور وهي تهتف ((سأفعلها)).

هل أمرتها بقتله ؟؟ هل هذا ما كانت ستفعله ؟؟.

فتح عينيه فجأة وهب من رقدته يحاول الجلوس وهو يهتف :

- يجب أن أنقذها يجب أن...

قاطعته يدان صغيرتان دفعتا كتفيه ليعود مرة أخرى إلى الرقاد في استسلام مرهق وهو يتطلع حوله بعد أن تعودت عيناه على الضوء.

كان يرقد في غرفة ضئيلة من مستشفى او عيادة ما تقف بجواره ممرضة سمينة دقيقة الكفين طفولية الملامح تبدو في عينيها طيبة واضحة وهي تبتسم بلطف قائلة :

- الحمد لله على السلامة لقد اقلقتنا عليك.. كيف حالك الأن ؟؟ هل تشعر بأي ألم ؟؟.

أشار إلى رأسه فقالت :

- سيزول عما قليل لقد اعطيتك حقنة مسكنة منذ لحظات عندما سمعتك تئن في نومك لا تقلق لم تكن الأصابة قوية ارتجاج خفيف بالمخ ولكنك نزفت الكثير من الدماء احتجنا معه لنقل الدماء إليك بسرعة قبل أن يتوقف قلبك عن العمل.

اتسعت ابتسامتها وهي تستطرد :

- تخيل ماذا ؟؟ أن فصيلة دماءنا واحدة وهي فصيلة نادرة حقا ولم نكن لنجدها إلا بصعوبة ولهذا احتفظ بكيسين من دمائي في ثلاجة بنك الدم الخاص بالمستشفى تحسبا وهذا ما أنقذك إن دمائي تجري في عروقك الأن ايها الوسيم.

ابتسم سعيد في ارهاق لوصفها له بالوسيم وتمتم بالشكر قبل أن يقول :

- ماذا حدث كيف جئت إلى هنا أخر ما اذكر هو..

قاطعته قائلة :

- تمهل لاداعي لتجهد نفسك.. لقد وجدتك إمرأة طيبة تنزف بلا معين ولولا عناية الله التي ارسلتها في تلك اللحظة لقضيت نحبك إنها تجلس بالخارج بصحبة أحد الضباط لم تفارق مقعدها طوال الليل إنها إمرأة باسلة حقا.

ثم مالت عليه سائلة اياه في شفقة ممزوجة بالإعجاب :

- هل تشعر انك بخير الضابط بالخارج يرغب في سؤالك والسيدة تريد ان تراك لتطمئن عليك، يمكنني صرفهما ان كنت تشعر بالإرهاق.

هز رأسه في استسلام وقال :

- حسنا اخبريهما انني مستعد للكلام.

ربتت على كتفه في مودة وهي تقول :

- سأكون هنا فإن شعرت بالإرهاق فقط اعطني أي إشارة وسأطردهما على الفور.

ثم غمزته بعينيها قبل أن تفتح الباب وتستدعي مدام عفاف والضابط المصاحب لها وعلى الفور دخلت مدام عفاف وكأنها كانت تنتظر على احر من الجمر كانت ترفل في ثياب واسعة وقد رفعت ذراعيها في لهفة ممزوجة بالأسى فبدت كروح هائمة تبحث عن الراحة.

اندفعت نحوه وجلست على الفراش وهي تهتف بسرعة امتزجت فيها مشاعرها كلها من خوف وحزن ولهفة عليه كأنها امه :

- حمداً لله على سلامتك.. حمداً لله لم أكف عن الدعاء لك لينجيك رب العالمين ويتغمدك برحمته

ابداً كيف حالك يا بني؟؟كيف اصبحت؟ هل رأسك مازال يؤلمك؟ هل أنت بخير الأن؟؟.

ثم نظرت إلى الممرضة تسألها في توتر :

- هل هو بخير؟؟.

ربت سعيد على كفها التي تستند عليها بجواره وقال مهدئا إياها :

- أنا بخير يا يا سيدتي لا تقلقي،الفضل بعد الله لك في ذلك، شكرا لك، لولاك لكنت قضيت نحبي الأن دون أن يشعر بي احد.
- الفضل كله لله يا ولدي ما أنا إلا سبب.

ثم قصت عليه في سرعة منذ حاولت الاتصال به هو أو زوجته مرارا لكن لا مجيب مما إضرها لزيارة الشاليه رغم كرهها لذلك حتى وجدته غارقا في دماءه على الأرض خلف باب الشاليه المغلق.

ثم ربتت على رأسه في حنان غريب وهي تقول وتجيب نفسها في نفس الوقت :

- من فعل بك ذلك يا بني هل اقتحم الشاليه احد اللصوص ؟ ولكن الابواب والنوافذ كانت مغلقة ؟؟ ربما اختل توازنك وانزلقت ولكن اين زوجتك لماذا لم تنجدك واين الفتاة الصغيرة أين نور يا بني؟ يا لهفي عليك لا اتصور ماذا كان سيحدث لي لو حدث لك مكروها بسببي.

ربت سعيد على يدها مرة اخرى وهو يضحك في ألم وقال :

- رويدك يا سيدتي لم أزل في طور النقاهة، ستعرفين كل شيء عما قليل لا تقلقي.

تقدم الضابط الذي وقف صامتا تاركا مدام عفاف لتفرغ مشاعرها وقلقها دون أن يتدخل احتراما لها وقال :

- هيه يا سيد سعيد الحمد لله على السلامة كيف حالك الأن؟.

كانت الأفكار تدور بسرعة في رأس سعيد منذ ابلغته الممرضة عن وجود الضابط وهو حائر هل يبلغ عن مريم ؟؟.

يبلغ أن زوجته ضربته بمزهرية على رأسه وفرت هاربة مع طفلة شيطانية ؟.

ومن سيصدق قصة الشيطانة الصغيرة بوجهها الملائكي الرقيق البريء.

وماذا سيحدث لمريم إن ابلغ عنها بالتأكيد سيوقفونها بتهمتي الضرب والخطف ولن يسمح هو بذلك.

لن يسجن زوجته التي لم يمضي على زواجه منها سوى اربعة ايام !!وخاصة وهو يعلم أنها مسلوبة الإرادة وقد سيطرت تلك الشيطانة على عقلها.

اتخذ قراره وقال للضابط بإقتضاب :

- الحمد لله.

- هل حالتك تسمح ببعض الأسئلة ؟؟ لن اثقل عليك.

اومىء برأسه في ترقب فجلس الضابط على طرف الفراش واخرج دفتر صغير وبدأ أسئلته قائلا :

- حسنا ماذا حدث وأدى لإصابتك بهذا الشكل.
- لا اعلم بالضبط لقد تلقيت الضربة من الخلف كما ترى.
- هل كان هناك احدا متواجدا معك في الشاليه اثناء الحادث.
- لا فقد خرجت زوجتي بالسيارة في نزهة قصيرة ولم تكن قد عادت بعد.
- وحدها ؟.
- لا اصطحبت معها الطفلة الصغيرة نورا التي تقيم معنا حتى يتم ايداعها في احد دور الرعاية.
- غريب !!.
- وما الغريب في ذلك ؟؟.
- أنت تكذب يا سيد سعيد وحقا لا أعلم من تحاول أن تحمي ولكني رجل شرطة منذ عشرون عاما واعرف جيدا كيف اجمع ادلتي.
- لا افهم انا لم اكذب في شيء.
- قلت أن زوجتك في نزهة قصيرة رغم انك كنت في قسم الشرطة طوال اليوم فكيف عرفت.
- ابلغتني تلفونيا هل هذا غريب.
- ولماذا لم تعد حتى الأن ؟.
- لا اعلم قد كنت غائبا عن الوعي كما ترى.
- الست قلقا عليها ؟؟.
- بالفعل وربما تستطيع مساعدتي بالبحث عن ارقام سيارتي فربما يستدل عليها احد افراد شرطة المرور.
- سيد سعيد لقد ضُربت من الخلف على رأسك بمزهرية أتت من داخل الشاليه فليس من المتوقع أن يترصد لك احدهم خارج الباب بمزهرية!، عصا أو هراوة ممكن لكن مزهرية !!! لا ريب

انها أتت من الداخل كما أن أجزائها سقطت وتبعثرت بالداخل ولكنك كنت وحدك وسقطتأمام الباب من الداخل والباب كان مغلقا عندما وجدتك مدام عفاف فكيف حدث هذا المفترض ان تسقط في الخارج لا بالداخل فالمهاجم لن يستطيع ان يأتي من خلفك ـ طالما أنه لم يكن معك بداخل الشاليه ـ إلا بعد خروجك بالكامل من المنزل ولماذا يكلف نفسه عناء نقلك إلى الداخل وغلق الباب بعد ان نال منك وكيف استطاع الوصول إلى المزهرية التي ضربك بها بحق السماء ؟؟.

- حقيقة لا اذكر شيئا الأمر لم يكن بهذا الترتيب بالتأكيد.

واشار من طرف خفي إلى الممرضة وقد وقفت في الركن في تحفز وإنصات فاندفعت إلى وسط الغرفة هاتفة :

- يكفي هذا سيدي، المريض يحتاج إلى الراحة الآن،تذكر انه يعاني من ارتجاج خفيف بالمخ والإرهاق سيؤثر بالسلب على حالته.

- سؤال اخير هل تتهم أحدا بذلك ؟؟ هل لك اعداء ؟؟.

- لا و لا.. لا أتهم احدا وليس لدي أعداء على حد علمي.

أغلق الضابط دفتره وأشار للسيدة عفاف بأن تتبعه وهو ينهض قائلا:

- حسنا اعتقد اننا إنتهينا هنا سأكثف البحث عن زوجتك والصغيرة ـ تذكر انك وقعت تعهد بالحفاظ عليها ـ في هذا الوقت لو تذكرت أي شيء

اخر رجاء الإتصال بي أنت تعرف رقمي أليس كذلك.

- بالطبع.

ربتت السيدة عفاف على رأسه قائلة :

- سأتصل بك لاحقا للإطمئنان عليك اتمنى من الله أن تعثر على زوجتك والطفلة في أقرب وقت وألا يكون مكروها أصابهم، الحمد لله على سلامتك سأتركك لتستريح.

- شكرا يا أمي..

ما أن نطق الكلمة حتى شعر بقبضة تعتصر قلبه وهو الذي لم ينطقها منذ حادث والديه لتنساب على لسانه الأن بلا تفكير لإمرأة يراها اليوم لأول مرة !! ربما حنانها الغامر الغير مشروط ذكره بحنان أمه الذي افتقده من زمن طويل.

وفور أن خرج الضابط حتى إلتفت لمدام عفاف قائلا :

- لقد فعلتها زوجته ولا شك.. انه يحاول حمايتها..وإلا لماذا هربت وأخذت معها الفتاة.. ربما يرغب في الإنتقام بنفسه او إنه يعلم بشيء يعذرها فيما فعلته.. ربما كان الأمر خطأ اقترفه فلا أعلم زوجة تفعل هذا في ايام زفافها الأولى إلا مع زوج أذاها بشدة.. ربما خانها أو ضربها بقسوة لا أعلم ولكني سأكثف البحث عنها لقد أستطعت الحصول على رقم والدتها من المستشفى حيث املاه عليهم سعيد في وقت سابق وبالتأكيد هربت إلى هناك.

تلفتت مدام عفاف حولها في قلق غير مبرر وقالت :

- لا أعتقد أن شاب مثله يفعل ذلك من يلتقط فتاة صغيرة في حادث ليستضيفها عنده وهو في شهر العسل هو

شخص ذا مروءة وشهامة ولا يجتمع هذا وذاك اللهم اجمعه مع زوجته على خير أنا فقط قلقة على الفتاة الصغيرة نور التي وجدت نفسها وسط كل هذه المشاكل بالتأكيد هي مذعورة بشدة.

وضعت يدها على قلبها في ألم وحزن فأردف الضابط :

- فور أن نجد الزوجة الهاربة سنجد معها الفتاة لا أظن الأمر سيطول وسيتضح كل شيء عما قريب.

واتخذا طريقهما إلى خارج المستشفى، وما أن إنصرف الضابط ومدام عفاف حتى تجاوز سعيد مشاعره وهب من الفراش واقفأوسط إعتراض الممرضة وهو يترنح وقد اصابه الدوار من هبوط الدم بعد طول رقاده ثم وقوفه السريع ونزع المحقن المثبت في يده والمعد لتزويده بالمحاليل عند الحاجة و قاوم الدوار بالاتكاء على طرف الفراش وقال لها :

- اشكرك على ما فعلته من أجلي ولكن يجب أن أجد زوجتي والشيطانة الصغيرة.

ثم مال عليها وهو يقول :

- زوجتي في خطر ولن ابقى هنا انتظر أن اسمع منها خبرا، يجب أن أفعل شيئا، شكر لك مرة أخرى ولكن يجب أن أذهب الأن.

وأندفع يغادر المستشفى يبحث عن وسيلة نقل وهو يحاول الإتصال بدكتور حاتم.

إن الامر يتجاوز الماديات إلى عالم الماورائيات.

ومن يفهم في ذلك خير منه.

د. حاتم ابيه الروحي.

وتزامنت رنات الهاتف مع دقات قلبه.

لتعكس قلقه الشديد.

بلا حدود.

*****

(٢٢)

((ابنتي ضاعت بسبب تلك الزيجة يا دكتور))

هتفت ام مريم بتلك العبارة فور أن رأت د. حاتم امام باب دارها ثم اعطته ظهرها تاركة الباب مفتوح لتندفع بعصبية وتجلس على أحد مقاعد الانتريه المقابل للباب وهي تضرب بكفها المفتوحة مسندي الكرسي فدخل د. حاتم وهو يغلق الباب خلفه قائلا :

- أهدئي قليلا يا أم مريم حتى افهم، ماذا حدث ؟ لم يمض على زفاف الأولاد إلا اياما قليلة والخلافات واردة الحدوث بين أي زوجين.

كان عقله في تلك اللحظة مشتتا بين الطفيل ومنال والمرحوم د. محمود والمهمة الثقيلة الملقاة على عاتقه فإذا به يترك كل هذا ليحل مشاكل الزوجية بين سعيد ومريم !!!.

مهمة لم يكن ليحبذها ابداً في مثل هذا التوقيت لكن اللوعة التي كلمته بها أم مريم و مقابلتها النارية على الباب اقلقته ورجحت في عقله أن الأمر ليس مشادة بسيطة بين زوجين حديثي العهد، وربما هي رغبته الدفينة في تأجيل الذهاب الى جهاز المخابرات العامة والإبلاغ عن الأمر هي ما دفعته لتأجيل كل ذلك والهرولة إلى دار أم مريم ليقوم بدور المصلح الإجتماعي ويوفق الروؤس المتنافرة.

جلس على احد المقاعد متطلعا إلى أم مريم وهي تضرب مسند الكرسي بكفيها في قلق واضح حتى شعر أن البركان الذي يثور في داخلها قد ينفجر في وجهه في أي لحظة الأن وبرغمه أختار مقعدا بعيداً قليلاً عنها وهو يقول :

- هه.. قلت لك اهدئي يا أم مريم كل مشكلة ولها حل إن شاء الله إن..

قاطعته أم مريم وهي تهتف بلوعة مزقت قلبه :

- أبنتي ضاعت وأنت السبب يا دكتور.

انتفض د. حاتم في ذعر وهو يهتف :

- أنا ؟؟... وماذا فعلت حتى اضيع أبنتك منكي ؟؟!!.

قالت في أستنكار حمل كثير من العتاب واللوم :

- ألم تكن تلك الزيجة فكرتك؟ ألم تضغط علي لأرضخ لطلبك؟، الأن سعيد ملقى في المستشفي بين الحياة والموت وإبنتي هاربة ولا أعلم لها مكان، حبيبتي يا ابنتي أين أنتي الأن !!؟!.

أنخرطت في البكاء في حين هتف د. حاتم في ذعر أكبر :

- سعيد في المستشفى بين الحياة والموت ؟!! كيف حدث هذا ؟؟.

صرخت أم مريم في وجهه :

- ألا يهمك غير سعيد.. أقول لك إبنتي ضاعت وتقول لي سعيد.. كل هذا بسببك انت وسعيد لن أسامحكم أبدا.. لن أسامحكم..

تنهد د. حاتم في ضيق وهو يقول :

- بالطبع تهمني مريم تعرفين إنني أعتبرها كأبنتي.. ولكنك تقولين سعيد بين الحياة والموت !! وما دخل مريم لتهرب أو لا تهرب ؟؟ هل تعرض لهم قطاع

الطرق ؟؟ هل انقلبت السيارة ؟؟ ماذا حدث يا أم مريم أنا لا أفهم شيئاً على الإطلاق ؟؟.

- يقولون أن مريم مفقودة وأنها قد تكون قد تعدت على زوجها بالضرب على رأسه بشيئاً ما اسال دمه وهو الأن في المستشفى.

اتسعت عيني د. محمود في قلق غير مصدق وهو يسمع حكايتها و ما ان انتهت حتى هتف :

- (يقولون.. وقد تكون).. كل شيء غير مؤكد.. بالتأكيد هذا ليس ما حدث.. لا اصدق أن تفعل مريم هذا بسعيد لقد كادت تضحي بنفسها من اجله سابقا[1].. إنها تحبه يا أم مريم هل تفهمين.. انها تحبه !.

نهض في توتر ودار يجول في الصالة الضيقة وهو يفكر بصوت مسموع :

- بالتأكيد لص ما أو قاطع طريق،أين حدث هذا ؟.

قالت أم مريم من بين دموعها وقد تفككت أعصابها تماما :

- لا أعلم شيئا.. لم يخبروني.. أنت لا تفهم يا دكتور لا تفهم شيئا.. مريم فعلتها بالتأكيد.

عاود د. حاتم الجلوس وهو في قمة توتره قبل أن يمسك يدها المرتجفة ويهتف :

- ماذا تقصدين إنني لا أفهم؟؟إذا إشرحي لي إن كنت لا أفهم ما الذي جعلك متأكدة من أن مريم فعلتها ؟؟.

---

[1] راجع قصة الغرفة رقم ٣ – وسم مأمون

- لقد كلمتني قبل أن اتصل بك .
- وهل اخبرتك أنها فعلتها .
- يا ليتها فعلت .. يا ليتها فعلت .

كان د. حاتم قد نفذ صبره تماما فصرخ في غضب :

- أم مريم يجب أن تتمالكي اعصابك، الأولاد في خطر وهذا ليس الوقت المناسب لنفقد اعصابنا .

مسحت دموعها بكفيها وتمخضت في منديل ورقي أخرجته من علبة بجوارها وقد اعادتها صرخته نوعاً إلى رشدها وقالت وقد تماسكت قليلا :

- لقد إتصلت بي مريم بنفسها قبل أن اكلمك .. لقد حاولت اقناعي ان الامور بخير وانها تمرح مع زوجها على الشاطيء .. إنها تخفي الامرعني، ولكن ليس هذا ما أفزعني.

اقترب منها د. حاتم أكثر وهو يقول :

- ما الذي أفزعك يا أم مريم أخبريني كل شيء.

هتفت أم مريم في لوعة :

- مشاعرها يا د. حاتم.

تفكر د. حاتم وهو يردد في تسائل :

- مشاعرها ؟؟!! ماذا تقصدين ؟؟ هل هي منهارة مثلا ؟ هل تتألم ؟؟ ماذا ؟؟ .

أجابته أم مريم في توتر :

- لا شيء من هذا.. مرحة منطلقة تضحك وتمزح نعم مقتضبة في كلامها ولكن هذا كل شيء لا يمكنك أن تشك فيها للحظة لولا إنني تلقيت مكالمتين من الشرطة والمستشفى من قبل لما صدقت إن هذه الفتاة طرحت زوجها ارضاً وتركته غارقاً في دمائه وفرت.
- غريب !.

وفجأة إنتفض الأثنان وأفلتت صرخة من حلْق أم مريم عندما ارتفع رنين الجرس الخاص بتليفون د. حاتم.

تمالك د. حاتم نفسه والتقط الهاتف وما ان رأي إسم المتصل حتى فتح الاتصال على الفور وهو يقول :

- سعيد حمداً لله على سلامتك، هل انت بخير يا ولدي ؟؟ ماذا حدث ؟؟ كيف حدث هذا كله ؟.

اتاه صوت سعيد المرهق لدرجة اقلقته :

- أنا بخير يا دكتور إطمئن المهم مريم.
- أين هي مريم ؟؟ ولماذا هربت ؟؟ هل اعتدت عليك حقا ؟؟ ولما ؟؟.

قاطعة سعيد في نفاذ صبر :

- اسمعني جيداً يا دكتور سعيد فما سأقوله خطير، مريم في خطر داهم، والله وحده أعلم ما أصابها الآن.

وبكلمات موجزة وافية شرح له سعيد الموقف كله منذ وجدا الفتاة الصغيرة نور وحتى اتضح انها شيطان مريد سيطر

على مريم، وكيف اختطفت مريم بعد أن دفعتهاللأعتداء عليه، وختم حديثه قائلا :

- مريم في خطر يا د. حاتم، إنهاتستعبدها بالكامل، يجب أن تجدها يا سيدي، الله أعلم فيما تريدها أو سبب ما فعلت حتى الآن.

دارت الدنيا برأس د. حاتم وهو يستمع إلى سعيد، هل كان ينقصه هذا ليضيف إلى متاعبه شيطانة صغيرة تسيطر على مريم ولا تنوي بها خيرا ؟ هل ضاقت الدنيا لتجتمع المتاعب على عتبته هو فقط ؟؟.

طلب من سعيد الحضور على الفور إذا كانت صحته تسمح بذلك فأخبره أنه في طريقه بالفعل فأغلق الخط معه وهو ينظر إلى أم مريم في قلق.

ماذا عليه أن يخبرها الآن ؟؟.

شيطانة تستعبد ابنتها ؟؟.

هل يكون للأمر علاقة بالطفيل والمخابرات المعادية ؟؟.

هل نجحوا في تطوير شيئا ما من هذا الكائن وزرعه بالأراضي المصرية ؟؟.

ربما كانت الفتاة مصابة بالطفيل وتتصرف خارج إرادتها ولكن..

ما سر السيطرة العقلية التي تحدث عنها سعيد هذا لم يأت أبداً في أبحاث د. محمود !!.

تهرب من نظرات أم مريم وقال لها وهو يطلب رقماً على هاتفه :

- سعيد بخير لقد افاق وهو قادم الأن.

اتاه الصوت المرح المنطلق لأحد اصدقاءه الكثيرين عبر الهاتف فهتف على الفور مقاطعاً إياه عن الأسترسال في المزاح :

- اسمعني جيداً يا جمال.. لا وقت لهذا اسمع فقط.. تلك السيارة التي استأجرتها منك صبيحة عرس ولدي سعيد.. نعم الزرقاء.. هو سؤال واحد.. ماذ نعم اعتقد إنها بخير.. حتى الأن.. اسمع هل بهذه؟ السيارة جهاز لتحديد موقعها.. لا لم تسرق يا جمال.. فقط إخبرني هل هي من ضمن السيارات التي اضفت لها هذا الجهاز الشهر الماضي.. عظيم أنا في الطريق إليك.

أغلق الهاتف وقال لأم مريم :

- لا تقلقي يا أم مريم سنجدها بإذن الله أنا ذاهب الأن وعندما أعود ستكون يدها في يدي.

اندفع يغادر بسرعة وهو يرسل رسالة إلى سعيد بالتطورات وقلبه يخفق بشدة.

ماذا عليه أن يفعل عندما يجدها ؟.

كيف سيتصرف مع الشيطانة الصغيرة ؟.

وماذا عن منال والطفيل.

هل يحتمل الموقف أن يؤجل كل شيء حتى يجد مريم ؟؟.

شعر بصداع يكتنفه فركب سيارته وهو يردد :

- مريم أولا وليذهب ما بقي للجحيم.

وانطلقت السيارة نحو المواجهة المرتقبة.

وقد قارب الطريق على نهايته.

****

****

(٢٣)

انتصب افراد الكمين بالقرب من مدخل طريق محافظة الفيوم الذي يتفرع عن الطريق الصحراوي بين القاهرة والأسكندرية يراجعون تراخيص السيارات القليلة العابرة في مثل هذه الساعة قرب الفجر في حين وقف ضابط بدين برتبة ملازم يتطلع إلى السيارات بضجر وملل يكاد يقتله.

لم تكن الوردية اليوم من نصيبه لولا وفاة احد اقارب زميل له مما غير ترتيب الورديات لينال في النهاية هذا المكان البائس في وردية ليلية طويلة ومملة غير مرتب لها على الإطلاق.

تطلع إلى ساعته في ضيق وقد شعر أن عقارب الساعة لا تتحرك، فهز ساعته وعاود النظر إليها ولكن الساعة لم تبدل رأيها فزفر في ملل، لم يزل أمامه بضع ساعات قبل أن ينعم بالخلاص من تلك الوردية البغيضة وقدر في نفسه أنه لن يستطيع زيارة خطيبته غدا وسيضطر إلى إلغاء عدة مواعيد كان قد رتبها إلى أجل غير مسمى.

رفع عقيرته بالنداء على أحد امناء الشرطة قائلا في عجرفة وملل:

- فور أذان الفجر ارفع الكمين ولنعد إلى القسم يكفي هذا اليوم.

هرول الأمين إليه وهو يقول :

- اوامرك يا طارق باشا باقي ساعة على الاذان.

ساعة ؟؟!! ماذا يمكن أن يحدث في ساعة في هذا الطريق المقفر؟!! قرر في نفسه أن ينهي الكمين الأن وقبل أن

يصرح بذلك أرتفع صوت اللاسلكي في جانبه فالتقطه وهو يقول :

- الملازم طارق الشوبوكشي ابدأ الإشارة.

استمع في تركيز إلى الإشارة القادمة وهو يتمنى أن تغير من وتيرة الليلة المملة.

المطلوب ايقاف سيارة ما واحتجاز راكبيها والإبلاغ فورا في حالة مرورها بالكمين من قبل، أملى عليه المتصل ارقامها ومواصفاتها ومواصفات راكبيها فأغلق الجهاز وهو يزفر في ضيق.

الأن لا يستطيع انهاء الكمين.

لا مفر من الإنتظار الممل وهو الذي كان يحلم ببعض النشاط بعد ليلة طويلة قضاها على قدميه في هذا المكان المقفر ولكن لا بأس فلديه الأن هدف ينتظره.

القى أوامره على أمين الشرطة الذي بدوره أصدر أوامره للعساكر وبسرعة تغير ترتيب الكمين للتصدي للسيارة القادمة في حالة حدوث ذلك وايقافها ولو بالقوة إذا لزم الأمر.

تطلع الملازم طارق في قلق إلى الطريق أمامه وهو يفكر تري ما هي هذه السيارة ؟؟ البلاغ عن إمرأة وطفلة !! ترى أي جريمة فعلا ؟.

المخدرات واردة طبعا،كثيرا ما يستخدم تجار المخدرات النساء والاطفال لتمرير شحناتهم دون إثارة الشك ولكن طبيعة المكان وإتجاهه يوحيان بغير ذلك فالمفترض أن السيارة قادمة من القاهرة لا من الفيوم كما ينبغي لتمرير الشحنات المهربة عبر الصحراء !.

إذا ماذا هناك ؟؟

تطلع في صبر إلى الطريق وبعد لحظات خيل إليه أنه يرى أضواء سيارة قادمة فأشار بسرعة إلى افراد الكمين لإتخاذ اماكنهم وتقدم أمين الشرطة وهو يشير للسيارة بالتوقف بهدوء .

ضيق الملازم حدقتيه وهو يتفحص السيارة محاولا أن يتجاوز ببصره مصباحيها الأماميان الذان يسطعان في قوة مبددان الظلمة وهي تقترب من المكان.

ليست هي السيارة المبلغ عنها، بالتأكيد لا اللون ولا الموديل يتطابقان، وكاد يرفع صوته إلى الأمين بتمرير السيارة وفتح الطريق إلا أنه أنتبه إلى أمر ما غير طبيعي على الإطلاق .

السيارة لم تهدأ سرعتها !.

كانت الآن على مسافة أمتار من الكمين ولكن يبدوا أن السائق فاقد لوعيه أو ربما متعمداً لا ينوي التوقف على الإطلاق وهو قاب قوسين من أمين الشرطة المسكين غير المدرك لما يحدث وهو يهتف بقوة على السائق بالتوقف .

وفي اللحظة التالية انقلب الكمين رأسا على عقب فأقتحمت السيارة الكمين بعنف شديد وقفز أمين الشرطة على جانب الطريق في اللحظة الأخيرة وبقوة إندفاعها اطاحت بالحاجز الذي وضعته الشرطة وأدرك الملازم طارق في فزع أن السيارة بكل جموحها وسرعتها تتجه نحو أخر شخص يتمنى أن تندفع نحوه.

نحوه هو بالذات !.

وبكل بدانته وجسده المترهل حاول القفز جانبا ولكن وزنه لم يساعده فسقط على الأرض وهو يرى إطارت السيارة تندفع نحوه في سرعة فأغمض عينيه وهو يرتجف تاليا الشهادتين ودموعة تجري على وجهه وكأنما تسابق الثواني الأخيرة من حياته وفجأة..

اصطدم اطار السيارة الأيمن بأحد حواجز الطريق التي دفعتها السيارة في طريقها من قبل ومع سرعة السيارة طار الإطار من على الأرض لتسير السيارة على الإطارين الجانبين بشكل عجائبي لتتجاوز جسد الملازم طارق - الذي فشل في ضم ركبتيه إلى صدره فاكتفى بإغلاق عينيه في إستسلام - قبل أن تنقلب على جانبها بعنف وتزحف على الأرض الاسفلتية المغطاة بالرمال لمسافة كبيرة بفعل القصور الذاتي لتتوقف في النهاية على جانب الطريق علي بعد عشرة امتار او يزيد من الكمين.

توقف الزمن في الكمين للحظات لا شيء يتحرك إلا إطارت السيارة التي ظلت تدور بفعل القصور الذاتي،يحدق جميع افراد الكمين - الذين تناثروا في كل جانب ما بين مصاب ومذهول متخبط ــ في السيارة المقلوبة في حين استلقى طارق على ظهره وهو ينظر إلى السماء المظلمة من فوقه والتي بدء شعاع الفجر يبدد ظلمتها قليلا غير مصدق أنه نجى من هذا الحادث الوشيك وهو من لحظة واحدة كان يرى بعينيه الموت يهجم عليه كوحش كاسر.

سبح وحمد الله ومسح وجهه من أثر الدموع ثم اعتدل جالسا بصعوبة وهو يحملق في السيارة المقلوبة وبدأ افراد الكمين في الحركة بعد أن تغلبوا على حالة الذهول التي اصابتهم فمد امين الشرطة يده إلى طارق يعاونه على

النهوض بعد أنه جمع هو شتات نفسه المذعورة في حين توجه باقي الأفراد إلى السيارة المقلوبة بحذر كانت عجلات السيارة قد إستقرت وتوقفت عن الدوران فتقدم أحد المجندين واعتلى جانب السيارة ينظر إلى الداخل.

كان د. عبد العظيم يصارع من أجل حياته في تلك اللحظات وقد بدى أنه تحرر قليلا من قبضة الطفيلي وإن لم يكن بجسده أي قوة وقد اصيب بعدة كسور في ذراعه وساقه وضلوعه وتفجر جرح في جبهته بالدماء التي غطت ملامحه فصار اشبه بوحوش أفلام الرعب السينمائية وهو يئن في ألم ماداً ذراعه السليمة في يأس إلى المجند الذي يعتلي السيارة فصرخ المجند بلهجته الريفية :

- إنه حي يا باشا.. إنه حي.

وكأن صرخته كانت إيذاناً بالتحرك فإندفع طارق تجاه السيارة وهو يبلغ عبر اللاسلكي بكلمات مقتضبة أن سيارة إقتحمت الكمين ويوجد العديد من الإصابات بينهم سائق السيارة ويطلب سيارة إسعاف على الفور في حين إعتلى عدة أفراد السيارة محاولين إخراجه من الحطام رغم أن هذا خطر في حالة الإصابات بالكسور ولكن وجوده بالسيارة التي قد تنفجر في أي لحظة كان أكثر خطورة في هذه اللحظة، وبعد لحظات كان د. عبد العظيم مستلقي على ظهره على الأرض الأسفلتية شبه فاقد الوعي يئن في ألم شديد بصوت مرتفع مزعج ولكنه حي على الأقل حتى هذه اللحظة.

اقترب طارق من الراقد على الأرض يصارع لإلتقاط أنفاسه وقال له في حنق لم يستطع إخفائه :

- لماذا فعلت ذلك ؟؟ لقد كدت تودي بحياتك وحياتي بلا مبرر ! هه.. ما إسمك ؟؟ أين تليفونك ؟؟.

حاول تفتيشه للبحث عن الهاتف ولكنه لم يجد شيئاً وكان الإقتراب من السيارة الأن فيه خطر كبير وخاصة مع الدخان الذي بدأ يتصاعد من مقدمتها فزفر في حنق وقال :

- على الأقل استجمع قوتك لتخبرنا إسمك ووظيفتك .

قال عبارته الاخيرة وهو يرفع قميص عبد العظيم ليرى مدى الأصابات في جسده لينتفض في رعب ويترك القميص من يده على مرأى العروق الزرقاء التي انتشرت وتفرعت وغطت معظم جذع د. عبد العظيم الذي هتف بصوت متحشرج مستجمعاً قوته :

- ارجوك إنقذني.. أوقف.. هذا الصوت في عقلي.. إجعله يصمت.. ارجوك.. لا أحتمل.. إفعل شيئا.

جلس طارق بجواره فلم تحتمل ركبتيه جلسة القرفصاء طويلا وقال وهو يتنهد :

- مجنون أخر يقتحم الكمين ليقتل ويصيب من يشاء ثم يتحدث عن الأصوات في رأسه التي أمرته بذلك.. هه.. القصة المعتادة.

هتف د. عبد العظيم من خلال انفاسه المتلاحقة قائلا :

- أنا.. د. عبد العظيم.. مستشفى الجامعة.. لست مجنونا صدقني.. فقط اوقف النداء.. لا أستطيع المقاومة.

وأمام العيون المذهولة للملازم طارق انقلب د. عبد العظيم على بطنه وبدأ الزحف بذراع واحدة غير مبال بألمه

وساقه المكسورة بل وضلوعه المحطمة التي يحاول الزحف عليها الأن !!.

لم يجد الملازم طارق بداً من ايقافه عن ايذاء نفسه فنهض بصعوبة ومد ذراعيه ممسكاً بكتفيه مانعا إياه من مواصلة خطته المجنونة بالزحف حتى الفيوم وهو يلعن هذا اليوم الأسود ويلعن زميله المتغيب الذي ورطه في هذا الكمين الذي يمتليء بالمعاتيه هواة تحطيم حواجز الشرطة وقتل أنفسهم.

أداره بحذر وارقده مرة أخرى على ظهره رغم مقاومته الضعيفة ومد يده يربت على صدره مهدئاً إياه في رفق قائلا:

- إهدأ يا رجل سنخلصك من هذه الأصوات والنداءات لا تقلق إن بعض جلسات الكهرباء بالسراي الصفراء ستنتزع روحك نفسها وليس مجرد بضعة اصوات تناديك..

وفجأة صرخ وهو يسحب يده في ألم وسرعة عن صدر د. عبد العظيم وقد تلوثت بالدماء في حين اندفعت الدماء تسيل في لزوجة من جرح متهتك احتل الموضع الذي كانت يده عليه منذ لحظة فهتف:

- ما هذا بحق السماء ما الذي يحدث.

ونهض في رعونة ممسكا كفه بيده الأخرى مما صعب مهمة نهوضه فأسرع إليه أمين الشرطة يعاونه في مداهنة واضحة وفور أن إستقر على قدميه حتى دفعه طارق في حنق واندفع عدة خطوات في ألم ورفع يده بالقرب من أحد المصابيح ليرى ما بها بشكل أوضح وهاله ما رأى.

كان يحتل وسادة كفه كلها حول جرح قطعي بسيط شكل متشعب من العروق الزرقاء الداكنة التي بدت متشابكة معقدة تشبه كثيرا العروق على صدر المجنون عبد العظيم فأطلق سبة وكاد يندفع إلى الجسد الراقد على الأرض في غل وإن لم يكن قد فكر بوضوح فيما سيفعله به ولكنه سيزيده إيلاما بالتأكيد بل سيضيف العديد من مسببات الألم إلى جسده من ركلات وصفعات وربما يضيف بعض القبضات أيضا ولكن أمين الشرطة اوقفه حيث ركع بجوار الجسد المسجى على الأرض مدمرا كل خططه وأحلامه في الإيذاء وهو يهتف :

- لقد مات الرجل يا طارق باشا !!.

مات !!.. حسنا لقد نجى من قبضته ولكن عليه أن يعرف الآن ما أصابه هو ! رحل اللعين قبل لحظات من وصول سيارة الإسعاف التي إقتربت من الطريق المعاكس من إتجاه محافظة الفيوم في وقت قياسي تحسد عليه وفي ظنه لن يتكرر،ووقفت أمامه ليندفع من خلفها المسعفين بسرعة فهتف الملازم طارق :

- تأخرتم لقد مات الرجل منذ لحظات ولكن يوجد العديد من الإصابات هنا هل تستطيعون الإهتمام بها قبل نقل الجثمان ؟.
- بالطبع هذا عملنا لقد أتينا بأقصى سرعتنا وساعدنا الطريق الخالي في هذا الوقت ولكن الأعمار بيد الله لكل شيء أجل.

أومأ طارق برأسه موافقاً ومد ذراعه إلى المسعف مقررا أن يكون أول من يتلقى العلاج فنظر المسعف في كفه وهو يقول :

- لا تقلق.. بسيطة.. تعالى.

سحبه من يده الممدودة إلى مؤخرة سيارة الإسعاف حيث الإضاءة والمعدات الطبية رغم أن نور الفجر كان قد بدأ في الإنتشار مبددا الظلمة الحالكة،وسمع الجميع الأذان يدوي من بعيد مرددا بيقين أن الله أكبر فتبعه طارق وهناك أخرج المسعف أدواته وفرد راحة الملازم طارق بثقة أهتزت على الفور وهو يهتف دافعا يده في جزع:

- ما هذا هذا ليس جرحا !!.

أصابت الصدمة لحظة الملازم طارق فلم يسبق — نظرا لمنصبه ورتبته — أن عامله احد بهذا الشكل المهين وخاصة من المدنيين فنظر إلى كفه مستطلعاً سبب هذا التصرف واتسعت حدقتاه رعبا.

كانت العروق قد إنتشرت بشكل كبير رغم الفارق الزمنى البسيط في تطور غير مسبوق على معظم الكف والذراع ويبدو أن انتشارها السريع أدى لإحتياجها لقدر أكبر من الغذاء فبدا الجلد في ذراعه مهترئا جافا مجعدا بني اللون كلحاء شجرة جافة في حين ضمر حجم الذراع كثيراً عن بدانتها الاصلية.

كانت التطور الذي حدث ليذهل د. محمود إذا كان مازال حيا الأن ولكن بالنسبة لطارق فقد رأي أنه سيموت أو يصاب بالجنون على أقل تقدير مثل هذا الرجل الذي مات بجواره منذ دقائق، لقد نجى من الموت اليوم مرة ويبدو أنه لن ينجو في الثانية !.

هتف بالمسعف :

- افعل شيئاً يا هذا، لقد أصبت بعدوى ما من هذا الرجل المتوفي قبل وفاته وهي تنتشر بسرعة أعطني حقنة أو قرص يوقفان هذا الهراء الذي يلتهم جسدي.

نظر المسعف غير مصدق لشكل الذراع الذي تغضن كثيرا وكاد يقسم أنه يراه يضمر مع كل ثانية تمر أمام عينيه المتسعتين، ولكن هتاف الملازم أعاده إلى وعيه فنظر إليه في حيرة وهو يقول:

- لا اعرف كيف اتصرف في هذا تحتاج طبيباً وصور اشعة وربما [1] ...... إن كان معدياً كما تقول فمن الأفضل أن تترك مسافة بينك وبين الأخرين، إبقى بجوار السيارة هنا حتى افحص جسد المتوفي.

التقط علبة من الكمامات سحب واحدة منها والقاها لزميله أمراً إياه أن يوزعها على جميع الموجودين قبل أن يتوجه إلى الجسد الراقد بلا حراك على الارض وكأنه يفر من الموت يتبعه الملازم في غضب وقد إرتسم الشيطان على وجهه، لا لا يمكن أن يموت بسبب هذا الأحمق الذي لا يعرف كيف يتصرف في موقف كذلك، لماذا يكون من نصيبه هو دائما الحمقى وناقصي الكفاءة، كاد أن يصرخ على المسعف ناعتاً إياه بأقذر انواع السباب لولا أن انحنى المسعف على المتوفي كاشفاً عن ذراعيه.

مد الملازم طارق عنقه من خلف كتف المسعف يشاركه النظر ولكن الذراع كانت بيضاء من غير سوء !!.

---

[1] يقصد البتر لكنه لم يستطع التصريح

طبعا إذا إستثنينا شحوب الجلد والهزال الواضح على الجسد ككل ولكن غير هذا لم يكن هناك ادنى اثر لما أصاب الملازم طارق الذي هتف في يأس :

- أنه على صدره لم أره على ذراعه أنه على صدره.

نظر المسعف شذرا للملازم طارق وامره مرة أخرى بترك مسافة بينه وبين الأخرين والعودة إلى سيارة الإسعاف ولكد الملازم انقض دافعاً المسعف جانباً ليمزق القميص عن صدر الجثة ولكن كانت المفاجأة من نصيبه هو.

فبخلاف ما أصيب به الجسد ككل من هزال وشحوب كان الجسد خاليا من أي أثر للعروق الزرقاء التي رأها بعينيه منذ أقل من نصف الساعة !.

اعتدل الملازم طارق وهو يكاد يصاب بالجنون، يالها من ليلة طويلة بلا نهاية نظر إلى المسعف في مقت وقد عجز عن الكلام والصراخ لأول مرة منذ دخل سلك الشرطة في حين هتف المسعف حانقاً وهو ينهض عن التراب :

- سيدي يجب عليك العودة إلى السيارة وللمرة الألف إبتعد عن الأخرين إن بك مرض ما غير معروف وقد يكون معدياً بحق، أرجوك اتبع تعليمات السلامة لمصلحتك ومصلحة الأخرين.

ولكن الملازم طارق لم يكن يسمعه بل لم يكن يسمع أي شيء يحدث حوله ففي هذه اللحظة والعروق تواصل زحفها تنتفخ وتتفتع وتتشعب على عنقة أسفل زيه الرسمي كان الشيء الوحيد الذي يسمعه نداء غامض بلغة غير مفهومة.

لغة قديمة جدا.

وربما ليست لغة أصلا ولكنه يفهم جيدا المطلوب منه.

وببطأ في البداية ترك المسعف ينفض التراب عن جسده واتخذ طريقه إلى محافظة الفيوم غير عابيء بنداء المسعف أو رجاله عليه وسرعة خطواته تتزايد مع كل خطوة حتى صار يركض بسرعة غير متوافقة ابداً مع بدانته المفرطة.

لقد إقترب كثيرا من أخر الأوكار.

وسيقضي عليهم جميعاً.

سيدمر كل ما بقى، ومن بقى.

هذه هي مهمته الأخيرة.

****

(٢٤)

دقت الساعة في أحد مكاتب مبنى المخابرات العامة معلنة تمام الساعة الثامنة صباحاً،تسلل نور الصباح من خصاص النافذة فتثائب د. حاتم رغما عنه في إرهاق وهو ينظر إلى سعيد في قلق كان قد قضيا الليلة كلها في المناقشة والبحث ومحاولة الوصول لأفضل الحلول بعدما افضى كل منهما بما لديه للأخر وتوصل د. حاتم إلى خط سير مريم والفتاة أو الشيطانة عن طريق صديقه صاحب مكتب السيارات الذي إستأجر منه السيارة واستقر بهم الأمر على ضرورة الإلتجاء للسلطات فقد تعدى الأمر بكثير قدرتهما على المواجهة والتصرف ومن ثم توجهافجراًإلى مبنى المخابرات وهناك أهتم الرجال بهم

(١٩٤)

بشدة عندما سمعوا لفظة الجاسوسية مرتبطاً باسم الدولة المعادية واستقبلهم السيد رائف ـ كما يحبوا أن يتنادون فيما بينهم بعيداً عن الرتب والألقاب ـ في مكتبه وفي خلال ساعات كان د. حاتم وسعيد قد شرحا الأمر برمته على أسماع السيد رائف لينتهيا بتقديم الأبحاث إليه والتي كان يطلع عليها في تلك اللحظة بتركيز شديد تاركأكلاً من سعيد وحاتم في ترقب وحيرة وقلق من ناحيته.

هل يصدقهم ؟؟ وهل ما يقولون يُصدق ؟! فكر د. حاتم انه لو جاءه أحد طلابه بمثل ذلك لطرده على الفور أو حوله للتحقيق بتهمة الإستهزاء بأحد الأساتذة ! فهل يسلك السيد رائف نفس المسلك في مواجهتهم ويحيلهم إلى أحد المستشفيات النفسية لإختبار حالتهم العقلية ؟.

في نفس الوقت كان كل ما يدور بخلد سعيد أنه أخطأ بإتباع د. حاتم إلى هذا المكان كان يجب أن يتبع خط سير سيارة زوجته والذي دل عليه جهاز الGPS المثبت بسيارتها ولكن الجهاز يبين المسار وليس الوجهة والسيارة مازالت في حالة حركة فكيف يتبعها ؟!! من السهل جدا ان يفقدها على الطريق حتى بعد أن حمل برنامج التتبع على تليفونه المحمول وربما يظل يدور في دوائر إن لم تتوقف السيارة في مكاناً ما ورغم ذلك كان يلوم نفسه بشدة على عدم مطاردة السيارة فور حصوله على برنامج التتبع على الأقل كان ليقترب من مكانها الأن.

رفع السيد رائف نظره عن الأوراق والقى الملف على المكتب في إرهاق،لقد تم ايقاظه مبكرا ليقابل هذا الهراء بعد أن امضى أمسه ومعظم ليله في دراسة أحد القضايا ولم يكد يستغرق في النوم طلباً لبعض الراحة حتى جاءه الإتصال مبددا كل أماله في الراحة ولكن ذكر الدولة

المعادية في سياق الحديث جعله يهرع من فوره إلى مقر عمله ليفاجيء بهذه القصة الغريبة التي يعجز حتى هذه اللحظة عن تصديقها رغم محاولته المستميتة في صياغتها بشكل يناسب عقليته المخابرتية.

نظر السيد رائف لحظة في صمت إلى كلا من سعيد وحاتم قبل أن يقول :

- حسنا دعانا نوجز ما ذكرتما خلال الساعات الماضية السيد حاتم يقول أن صديقه المتوفي كان مختطفاً من قبل دولة معادية وإنه عاد الى الوطن يحمل في أوردته نبتة طفيلية تسعى هذه الدولة لنشرها في أرضنا إليس كذلك ؟ نبتة كالنباتات التي نراها من حولنا في عروقه !!.

وأشار بيده إلى د. حاتم طلبا للتأكيد فأومأ برأسه في قلق وصورة القميص المقلوب ذو الأزرار الخلفية يترائى أمام عينيه فتوجه السيد رائف بعينيه إلى سعيد الذي إزدرد لعابه في توتر قائلا :

- والسيد سعيد يقول أنه أنقذ طفلة من حادث طريق ليتضح أنها شيطانة استعبدت زوجته وفرت بها بعد أن قامت بالتعدي عليه مسببة إصابتهاليس كذلك ؟.

وافقه سعيد بإشارة بسيطة وهو يدرك سخف الأمر عنما يصاغ بهذا الأسلوب وتحسس الضمادات التي تحيط برأسه في توتر فعاد السيد رائف إلى حاتم مستطردا :

- السيد حاتم يظن أن الطفلة ــ نظرا لموقع طابا ــ قد تكون مصابة بنوع متطور من النبتة الطفيلية

تسعى هذه المخابرات في نشره على أرضنا اليس كذلك ؟.

مرة أخرى وافقه حاتم بإشارة من رأسه فأستطرد قائلا دون أن يحول نظره عنه :

- كما تقول أنك اقتحمت منزل صديقك المتوفي حيث وجدت هذه الأوراق وقرداً ما يحمل العدوى وهناك قابلت من تدعى منال الخطيب التي إدعت أنها أخت الفقيد قبل أن تتبين أمرها وتتواجها وتضربها على رأسها وتفر من المكان وانت لا تعلم هل هي ميتة أم على قيد الحياة اليس كذلك؟.

شعر د. حاتم أن موقفه صار أكثر صعوبة فهو قد إعترف الأن بإرتكاب عدة جرائم من إقتحام وتعدي دون انت يدرك عاقبة ذلك فهتف دون وعي :

- أذكرك سيد رائف أنها كانت تحمل مسدساً.

نظر السيد رائف أسفل مكتبه في شرود وهو يعود بظهره إلى الخلف قائلا :

- لو كانت كما تدعي هي أخت الفقيد فتصرفها لا يخرج عن الدفاع عن النفس فلو قتلتك لعذرها القانون فأنت المقتحم سيد حاتم.

صمت د. حاتم في توتر وهو يتبادل النظرات مع سعيد وكأنما يعتذر عن توريطه في هذا الأمر فقال سعيد مدافعا عن معلمه :

- سيد رائف إن الأوراق التي بيدك بخط د. محمود رحمه الله وهي تثبت كل ما ذكرنا وفي منزله

ستجد الخطاب الذي تركه لدكتور حاتم ولكن ارجوك يجب أن نجد زوجتي قبل أن تقتلها أو على أقل تقدير تصيبها العدوى.

تنهد رائف وهو يعتدل قائلا :

- أمراً واحداً يمكن أن يجعلني أصدقك أو على الأقل أتقبل بعض ما ذكرتما.

تبادل كل من سعيد وحاتم النظرات قبل أن يقول سعيد تتابعه عينا د. حاتم في لهفة :

- وما هو.. الأبحاث ؟؟.

نظر اليهما السيد رائف في صمت مشوق وهو ينقر على مكتبه للحظة قبل أن يقول :

- بل د. منال الخطيب...

إعتدل في جلسته وهو يقول مستطرداً:

- ما ستسمعانه الأن لن يخرج عن نطاق هذه الغرفة وإلا وجدتما نفسيكما في أحد المصحات النفسية أو السجن هل تفهمان ؟.

أشار كليهما برأسه على الموافقة وهما يترقبان قوله في صمت فأكمل حديثه قائلا :

- منذ وطئت د. منال الخطيب او بالأحرى ليليان موردخاي وهي يهودية من أصل شرقي من السفرديم وهم اليهود ذوي الأصول العربية بعكس الإشكانزيم ذوي الأصول الغربية والأوربية وهم في وضع أدنى من نظرائهم، أقول منذ وطئت

أرض مصر وهي تحت مراقبتنا بإستمرار وطول السنوات السابقة لم نصل إلى طبيعة مهمتها على أرض مصر فقد إكتفت بتأسيس أحد مكاتب البحث العلمي والذي يتناسب مع طبيعتها كأحد علماء دولتها وإن لم يمنع هذا من إشتراكها في كثير من العمليات المخابرتية لصالح بلدها وإن كانت في الفترة الأخيرة قد تلقت كثير من الأخفاقات جعلت موقفها حساساً لدى الجهاز ومن يومها لم يظهر أي نشاط مباشر أو غير مباشر للمكتب يمس الأمن القومي لمصر ولكن تم ملاحظة علاقة ما تجمع بين مهمتها ود. محمود الغيطي رحمه الله لم نفهم مدلولها إلا الأن فهما لم يتقابلا قط ولكن ليليان ورجال مكتبها كانوا دائما بالقرب من د. محمود ولم يغب عن مراقبتهم كما لم يغيبا عن مراقبتنا بدورنا.

نظر لد. حاتم مستطردا :

- يجب أن تعلم يا د. حاتم أن جريمتك لم تتم فليليان حية ترزق وهي تحت مراقبتنا منذ غادرت منزل الفقيد وحتى هذه اللحظة.

تنهد د. حاتم في خلاص وقد أزاح قوله حملاً ثقيلاً عن كتفيه قبل أن ينتبه إلى نقطة ما فقال بسرعة :

- حذار فقد تكون مصابة فلو مات القرد وأحسبه كذلك فلابد أن العدوى إنتقلت إليها كما ذكر د. محمود في أبحاثه.

إلتقط د. رائف الملف المكتظ وهو يردد كأنه يحدث نفسه :

- أبحاث د. محمود هه.. فقط الجزء الذي كان ينقصنا لتكتمل الصورة لقد حرص حرصاً شديداً على كتمان الأمر بصورة أعجزتنا عن الوصول إلى نتيجة حقيقية.

وضع الملف دون أن يشبع فضول أو يرد تساؤل د. حاتم ليقول لسعيد :

- قصتك أنت أيضا تشترك في وضع صورة كبيرة للموقف من الممكن جدا أن تكون أبحاث تلك الدولة قد تطورت في هذا المجال عما تركه د. محمود خلفه ومن الممكن جدا أن يكون ما ذكرت غزواً بيلوجياً من نوع جديد علينا ولا قبل لنا بموجهته.

رن جرس التليفون على مكتبه فرفع السماعة دون أن يتكلم للحظات ثم وضع السماعة قائلا وهو يلتقط سترته :

- لقد عثرنا على زوجتك أو بالأحرى على السيارة إنها بجوار بحيرة الفيوم من الطرف الأقصى تجاه الصحراء.

هب سعيد واقفا يتبعه د. حاتم فأشار إليهما السيد رائف ليتبعاه قائلا :

- هلم السيارة تنتظرنا أمام المبنى.

وفي لحظات كان ثلاثتهم يستقلون أحد السيارات الخاصة تتبعهم سيارة أخرى وفي نفس الوقت تحركت سيارة كبيرة تحمل فرقة خاصة جداً مجهزة لمواجهة خطر الحرب البيلوجية من أحد المباني السرية التابعة للدولة وأنطلقت

السيارات جميعاً نحو وجهتها وسعيد يجلس بجوار حاتم لا يملأ رأسه سوى سؤال واحد.

هل يصلي في الوقت الصحيح قبل فوات الأوان.

أما أن مريم قد ضاعت حقاً.

وللأبد..

******

(٢٥)

دخلت منال أو ليليان موردخاي إذا شئنا الدقة أحد بنايات شارع عبد العزيز وهي تتلفت حولها في هذه الساعات الأولى من الصباح الباكر حيث خلا الشارع التجاري من المارة إلا من بعض العابرين ممن تضطرهم أعمالهم للحضور مبكراً في حين أغلقت المحلات التي إعتاد الناس على رؤيتها وقد إكتظت بالمشترين فتحول الشارع العريق إلى قرية مهجورة موحشة، وكان هذا مناسباً لها وخاصة وقد بدأت تشعر بالطفيل يستشري في جسدها في سرعة لم تتوقعها فإرتفت درجة حرارتها وأختلت حركتها مما إضطرها إضطراراً لترك سيارتها بعد أن صار من العسير عليها التحكم في إتزانها.

كانت البناية تمتليء بلافتات المكاتب التجارية والعيادات والمحامين مما جعل من العسير عليها العثور على دليل يؤكد صحة وجهتها ولكنها كانت متأكدة من العنوان الذي أملاه عليها أحد رجالها لشقة د. عبد العظيم بعد أن عجزت عن الوصول إليه عن طريق التليفون بعكس زميله د. وليد الذي أجاب على الفور بشكل طبيعي مما أكد شكوكها أن د. عبد العظيم هو هدفها المنشود.

الدور الثالث الشقة الثانية على اليمين هذا هو العنوان كما أبلغها به رجلها في شركة المحمول التابع لها تليفون د. عبد العظيم من واقع بطاقته المسجلة،كان الأمر عسيراً ان تصل إلى هذه النتيجة في هذا الوقت القصير من الليل ولكن شعورها بضيق وقتها أصابها بسعار لم يستطع حتى رجالها الوقوف أمامه فسارع الكل لتنفيذ أوامرها وفي هذه اللحظة بالذات كان رجالها يمشطون العاصمة بحثاً عن سيارة د. عبد العظيم دون جدوى.

وأين يمكن أن يذهب ؟ إن نوبات الجنون في البداية ليست دائمة بل متقطعة فلابد أنه أفاق من نوبته بعد أن هاجم الممرضة،دكتور حديث السن كهذا لابد أنه أصابه الفزع وبالطبع أول ما سيفعله هو أن يهرع إلى منزله ليختبيء في أحضان زوجته يبكي على كتفيها ما إقترفته يداه.

أرضاها تحليلها فزفرت في إرهاق ليلة طويلة بلا نوم وتلمست الجدار تلتمس بعض الدعم فالبناية قديمة لا تحوي أي مصاعد غير سلم واسع عريض في بناية مرتفعة الأسقف على الطراز الإنجليزي القديم يساوي الدور فيها ضعف نظيره في أي مبنى أخر من المباني الحديثة.

وصلت الشقة المنشودة وهي تلهث وتكاد تسقط على ركبتيها من فرط الإرهاق، لماذا لم تطلب من أحد رجالها تنفيذ المهمة ؟ حسنا لأنها لا تثق بهم تماما هي تريد د. عبد العظيم كورقة رابحة في يدها تساوم بها جهاز مخابرتها في حين سيقوم رجالها بخيانتها بالتأكيد وتسليم د. عبد العظيم وربما تسليمها هي أيضا لتكون فأر تجاربهم والحقيقة لولا أنها شبه هاربة ولا يستطيع أحداً منهم تحديد موقعها بدقة لقبض عليها بواسطتهم وتم تسليمها من زمن.

ولكن الأن الوقت الضيق فكثيرا منهم يعلم الأن وجهتها ولا بد أن تنهي عملها بسرعة قبل أن تسقط في هذا الفخ الذي سعت إليه بنفسها مضطرة.

أستجمعت قوتها وهي تعدل زينتها التي أفسدها عرق الإرهاق وحرارة الجو قبل أن تطرق الباب وهي ترسم إبتسامة رقيقة على وجهها وترتب في رأسها السيناريو الذي ستدخل به المنزل.

مرت دقيقة قبل أن يفتح الباب على وجه إمرأة تبدو عليها الملامح الريفية يمتطي وسطها من الجانب الأيمنطفلاً لا يتعدى عامه الأول أو الثاني على أقصى تقدير وقد أحاطته بذراعها وهي تسأل عن الطارق.

إتسعت إبتسامة ليليان وهي تقول محاولة التماسك قدر الإمكان :

- صباح الخير.. د. عبد العظيم موجود.

أجابتها الزوجة بحذر وهي تحاول أن تستوعب بعقلها البسيط ماذا تريد هذه المرأة الملطخة بالأصباغ من زوجها في هذه الساعة :

- عبده في المشفى سيصل عما قليل.. من أنتي ؟ خيراً اللهم أجعله كذلك، هل ابلغه شيئا ؟.

تضائلت إبتسامة ليليان وهي تسألها :

- متى تتوقعين أن يصل ؟

نظرت المرأة إلى ساعة معلقة على الحائط خلفها وأجابت :

- لابد أنه في الطريق الأن لقد إنتهت ورديته منذ نصف الساعة.

ثم تطلعت إليها في إشفاق وطيبة جعلتها تتخلى قليلا عن حذرها وهي تربت على كتف ليليان بيدها الحرة :

- من أنتي ؟ تبدين مريضة جداً هل احضر لك شيئا.

رفعت ليليان رأسها وهي تسأل بنبرة صادقة لمست قلب الزوجة الطيبة :

- هل أستطيع إنتظاره قليلا لا أقوى على الوقوف.

وقبل أن ترد المرأة هوت ليليان على ركبتيها وأخذت ترتجف محطمة قلب الزوجة فأطلقت صغيرها الذي زحف مبتعدا على الفور وانحنت في لوعةتلتقط ذراع ليليان من أسفل إبطها تعاونها على النهوض وهي تهتف :

- يا إلهي ماذا بك ؟ إنهضي يا حبيبتي،سأحضر لك بعض الماء إستريحي هنا أنت مريضة للغاية،يارب عبده يصل في موعده.

قادتها إلى الداخل وأجلستها على أحد المقاعد قرب المدخل وأسرعت إلى الداخل لجلب الماء ألقت ليليان برأسها إلى الخلف وهي تشعر بالدوار يكتنف رأسها هل ستحتمل هذا المجهود مع حالتها المتردية أم تستسلم الأن وتتركهم يأخذونها لعلهم يجدوا لها خلاصاً، افكارها مضطربة واعصابها مفككة ولكن يجب أن تكمل مسيرتها وتحقق هدفها.

رن هاتفها المؤمن فرفعته إلى أذنها بعد أن فتحت الإتصال وجاءها صوت المتصل صارخا على الفور:

- أين أنت؟ لماذا لم تتبعي تعليماتي؟ومن هذا العبد العظيم الذي جندت كل رجالنا في البحث عنه؟ هل إنشققت عنا أخيرا؟ هل نسيت كل العمليات التي فشلت فيها وأضطررت لحمل اللوم عنك؟صدقيني لن تتحملي هذا الفشل الجديد ولن أسمح لك سأقضي عليكي تماما قبل أن أسمح بفشل أخر،هل تفهمين؟.

كانت أعصاب ليليان في قمة توترها الآن وزاد صراخه من إنفلات أعصابها كادت تنطق برد مفحم يخرسه ولكنها شعرت بشيء رطب يتلمس قدميها ويتسلقها وبدون أن تشعر أو تفكر فيما تفعله ركلت هذا الشيء بقدمها وهي تصرخ في المتصل :

- أنت ؟ أنت تحملت اللوم عني لقد قدمتني كبش فداء لأخطاءك ولكني لن أصبح فأر تجاربكم هل تفهم هل...

قاطعتها صرخة الصغير التي إمتزجت بصرخت أمه وهي تهتف بإسمه فالتفتت إليها ليهالها ما حدث ففي فورة غضبها ركلت الصغير الغض الذي جاء يحبو يستكشف الزائر الجديد ليفاجيء بالركلة الغاضبة العنيفة فطار الصغير وهو يصرخ في ألم ليرتطم بالجدار ويسقط بلا حراك في نفس لحظة خروج أمه من باب مطبخها تحمل كوب الماء لتسعفها بها.

سقط الكوب من يد الأم التي هرولت تلتقط صغيرها في فزع ولوعة وهي تردد أسمه تهزه تتفحصه والرجل يصرخ في الهاتف بلا إنقطاع وليليان ذاهلة لا تصدق ما حدث وفجأة إنقضت الأم في شراسة لبؤة جريحة على ليليان وهي تصرخ :

- قتلتي إبني يا ملعونة أدخلتك بيتي لتقتلي إبني.

وكأي ريفية محترفة التقطت شعر ليلان لتلفه في قبضتها وهي تجرها جرا مشبعة إياها خمش وضرب وعض وما زال الرجل يصرخ على الهاتف حتى صار صوته مسموعاً دون جهد وأنتشرت الفوضى في المكان وأرتفعت

الصرخات بين المرأتين اللتين إنخرطا في عراك أشبه بعراك القطط في الأزقة وكان هذا كثير..

أكثر مما تحتمله ليليان.

أكثر مما تحتمله أعصابها المفككة التي ارهقها السهر والتوتر و..

الطفيل..

وببطأ صارت ضربات ليليان أكثر وحشية وشراسة وبدأت المرأة المسكينة تتهاوى تحت ركلاتها وتحول الصراع من شجار بين إمرأتين لعملية إفتراس واضحة مكتملة الأركان فأنقضت ليليان بأسنانها على لحم المرأة في غل تقضم منه بوحشية وقد إثارتها الدماء التي تفجرت من جسد ضحيتها المسكينة وسط صراخها الجنوني الذي إجتذب السكان القليلين في البناية للتجمع أمام الباب يضربونه بقبضاتهم محاولين الدخول و إنقاذ ما يمكن إنقاذه وقد وقع في قلوبهم من أثر الصراخ الوحشي أن مصيبة حلت بأهل البيت.

كان أنفلات أعصاب ليليان غير طبيعي يدل على بسط الطفيل لسيطرته على جهازها العصبي محولاً إياها لوحش كاسر،ما أن انتهت من المرأة المسكينة حتى وقفت فوق جثتها الهامدة تلوك قطعة من لحمها إنتزعتها إنتزاعا من جسدها بأسنانها وهرولت إلى الباب ففتحته بعنف وأنهالت بالضرب والركلات على الواقفين أمام الباب فانطلقوا في كل إتجاه هاربين من قبضتها وهم يصرخون من منظرها المروع فلقد تحولت بعد الصراع الأخير إلى مسخ بشع بشعرها الثائر وزينتها المبعثرة وزالت أو كادت الكثير من مساحيق تجميلها وسالت على وجهها كاشفة عن جرح

عميق قديم يشق وجنتها من أنفها إلى أسفل أذنيها كانت تحاول إخفائة بمساحيقها المبالغ فيها.

لحسن الحظ كان ليليان تحت أنظار بعض رجال المخابرات الذين إندفعو مع أصوات الصراخ إلى داخل المبني ليفاجئابهذا المشهد المثير.

ليليان على الأرض تتلوى في ثورة تحاول الإفلات و إمرأة سمينة من سكان البناية تجلس فوق جسدها في أريحية تامة غير مبالية بما يجرى بعد ذلك في حين كان شابين قويان يحاولان السيطرة على ذراعيها وساقيها التي أستمرت تحاول أن تطال السيدة الجالسة فوقها بهمادون جدوى.

كان المشهد مضحكاً ولكن رجلي المخابرات لما يضحكا على هذا المشهد بقدر ما التبس عليهم كيفية التصرف الأن فالمفروض أن يكتفيا بالمراقبة فقط دون التدخل المباشر إ،لم ينقذهما من حيرتهما إلا رنين هاتف إحداهم فرفعه بسرعة متلقيا التعليمات الجديدة من السيد رائف بضرورة القبض على المدعوة ليليان بأسرع وقت على قيد الحياة.

تنهد رجل المخابرات في خلاص وقد انقذته هذه التعليمات من التورط في مخالفة الأوامر فأعلن عن نفسه كأحد رجال الأمن فهلل السكان لوصول الشرطة بسرعة في حين أسرع زميله يتفحص المرأة زوجة عبد العظيم وطفلها ثم تنهد قائلا:

- إنها حية وكذلك الصغير ولكنهما يحتاجان لإسعاف عاجل.

هتف أحد الجيران قائلا :

- أنا من طلبت النجدة منذ دقائق هذه المرأة المجنونة إقتحمت منزل الدكتور وتهجمت على زوجته وطفله وعندما حاولنا السيطرة عليها كادت تفتك بنا إنها متوحشة الحمد لله على وصولكم بسرعة قبل أن تهرب.

هز رجل المخابرات برأسه وهو يقول :

- لا تقلق لقد إنتهى الأمر لا ريب إنها مجنونة ستصل الإسعاف بعد قليل ولكن أريد مساعدتكم لنقل تلك المرأة إلى حيث لا يمكن أن تؤذي أحدا.

وعلى الفور تعاون السكان على تقييد حركة ليليان وهو تصرخ بلا كلل تحاول أن تخدش وتضرب وتعض فيهم دون أن يمكنوها من ذلك وأقتادوها في مظاهرة صغيرة مكبلة ككلب مسعور حتى سيارة المراقبة التي تشبه مؤخرتها الصنوق المغلق حيث أمنها احد رجال المخابرات وقيدها في باب السيارة في حين التقط الأخر التليفون الخاص بليليان حيث سقط في أثناء صراعها مع المرأة و جال ببصره في الشقة قبل أن يغلق الباب ليغادر البناية ويلحق بزميله عند سيارة المراقبة.

وفي أحد أركان الشارع وقف رجلا يراقب ما يحدث في هدوء وصبر وما أن رأي ليليان تخرج في هذه المظاهرة الصغيرة من سكان البناية حتى رفع تليفونه المحمول ليقول فور فتح الإتصال مع الطرف الأخر :

- لقد سقط العصفور في الفخ.

ثم أنهى الإتصال وهو يغادر مكمنه ليركب أحد السيارات المتوقفة على مسافة من المبني وينطلق بلا إكتراث لمصير

ليليانفي حين ارتفع صوت الإسعاف وهي تقترب من المكان.

لقد سقط العصفور أخيرا في الفخ.

أو ربما كانت حداءة.

بعد أن خلفت وراءها الكثير من الدمار والضحايا.

والألم....

لينتظرها الموت بعد أيام قليلة، حيث توفت وحيدة منبوذة في حجرة معزولة في أحد مباني جهاز المخابرات لتنهي مسيرتها الطويلة في محاولة النيل من بلدنا.

فماتت هي.

وبقيت مصر.

*****

(٢٦)

تقافزت السيارة فوق الأرض الوعرة الصحراوية ومريم تتبع توجيهات الكيان الجالس بجوارها يقودها إلى وجهة مجهولة مبهمة لا يدري هو نفسه اين هي أو ماذا سيجد عند وصوله يقودهاخارج الطرقات الرئيسية ـ وهي تحاول قدر الإمكان الإلتزام بطريق ماولو كان وعراً يناسب توجيهاته ـ فقط يتبع نداءً خفيا يزداد قوة داخل عقله يدعوه، يحذره، يتعجل وصوله في كل لحظة حتى صار أقرب للهذيان.

كانت مريم في حالة سيئة حقا الدموع تملأ وجهها ملطخة وجنتيها بالكحل شعرها ثائر وشفتاها ترتجفان، أعصابها مفككة من أثر السهر والقيادة طوال الليل، وبدأت تشعر أن عقلها بدأ ينفلت من عقاله من القلق على شريك حياتها الذي أردته بيدها ولكنها لا تملك إلا الطاعة.

ربما من طول تأثير هذا الكيان عليها وربما من الإرهاق والسهر بدأت مريم تشعر بالهذيان والإرتباك لا تستطيع تكوين فكرة واحدة في عقلها خارج سيطرته عليها ، تبحث عن مشاعرها فلا تجد شيئا غير القلق والخوف والرعب من القادم فأنسابت دموعها من جديد وهي تقول :

ـ هل سأبقى هكذا ؟ هل ستتركني أذهب بعد أن تصل إلى وجهتك ؟ أرجوك أتركني أذهب لأطمن على سعيد، هل ستقتلني ؟ أرجوك أخبرني هل سيبقي عقلي هكذا بعد أن أفارقك ؟ هل سأعود لأكون نفسي ؟ لأكون مريم من جديد ؟.

نظر إليها الكيان الشجري وقد تخلى عن الهيئة البشرية منذ ابتعدا عن العمران وقال عبر عقلها :

(٢١١)

- صدقيني لا أعرف.. أخبرتك أن هذه القُدرة جديدة عليّ لم أمارسها أو يمارسها من سبقني.. ولا أعلم حقا تأثيرها عليكِ.. سأتركك فور أن نصل ويهدأ النداء داخل عقلي ولكن لن يتغير مصيرك كثيرا.. فمصيركم جميعا الفناء.. كل البشر.. ربما ليس بيدي ولكن بيد من يأتي من بعدي.. بعد أن نستعيد ما كان لنا.

أزدادت دموع مريم غزارة وهي تحاول السيطرة باستماتة على مقود السيارة الذي أخذ يدور في يدها مع إصطدام الإطارت بعوائق الطريق تبحث بنظرها عن طريق أو حتى جزء منبسط تسير فيه بعيدا عن وعورة الطريق فقال لها المخلوق :

- أنا أسف حقا على تدمير حياتك بهذا الشكل، لم أكن أبغي هذا، لم أرد تدميركم والقضاء عليكم، ولكنه السبيل الوحيد للنهوض والعودة من جديد.

قالت مريم وسط دموعها :

- هل تعلم حقا ماذا يوجد هناك ؟.

أطرق برأسه وتساقطت بعض أوراقه ربما من طول الفترة التي قضاها بدون غذاء أو ماء وشعرت مريم بالخواء في عقلها كما يحدث في كل مرة ترتخي قبضته على عقلها وتمنت أن يموت الأن وتنتهي رحلتها ولكنه رفع رأسه بعد لحظة وقال عبر عقلها:

- لا أعلم ما ينتظرني هناك، ولكنه نداء اجدادي وعشيرتي، أعرفه، هو محفور في ذاكرتي، لا شيء يستطيع محوه، نداء الولادة الجديدة، نداء

البداية الجديدة أصوات أجيالاً قادمة لترث الأرض التي نهبت منا غصباً، لتستعيد حقنا فيها، لتسود.

بدأت الأرض تتلون باللون الأخضر تحت إطارات السيارة وقد دخلا في نطاق بحيرة قارون وبدت البحيرة من بعيد تتلألأ تحت شمس الظهيرة كان الجانب الذي يقتربون منه يجاور الظهير الصحراوي بعيداً عن العمران ومن بعيد تراءت لها بعض الحقول المزروعة ولكنها شعرت في تلك اللحظة إنها كرهت النباتات للأبد لم يعد هذا المشهد يبهجها كما كان في الماضي بل لا تظن أن أي شيء سيبهجها بعد الأن.

أتخذ الكيان هيئة جديدة تماما كرجل ناضج مفتول العضلات وأشار لها ـ بعد أن استغرق القليل من الوقت في تشكله ـ بالاقتراب من ضفاف البحيرة كانت مريم ترتجف وقد اقتربت من نهاية الرحلة وحانت منها إلتفاتة إليه فهتفت في مفاجأة :

–   ما هذا ؟ إلى ماذا تحولت ؟.

أجابها هاتفاً وهو يمسك رأسه في ألم :

–   الصرخات.. أنهم يصرخون.. شيئا ما يؤذيهم.. توقفي.. توقفي الأن.

أذعنت لقوله وأوقفت السيارة بجوار ضفة البحيرة فوق الأرض الوحلة وأنتظرت في ترقب بينما غادر هو السيارة يتلفت حوله في خوف ولوعة قبل أن يصيح بصوت هادر في عقلها :

–   اسفل البحيرة.. أنهم يموتون.. قومي وعشيرتي.. لقد سكتت أصواتهم.

إنطلق يخوض في الماء بهيئته الجديدة في حين إنهارت مريم خلف عجلة القيادة في إرهاق وضياع كروبوت نفذت طاقته فجأة فسقط في مكانه، لا تقوى على الحراك أو إتخاذ حتى قرار الهرب من قبضته.

غاص المخلوق التعس في مياه البحيرة وهو يحاول الإستدلال على وجهته بعد أن إختفت الأصوات في عقله بما خزنته ذاكرته من إتجاهات حينما كانت أصواتهم تصدح في عقله حتى وصل إلى كهف مطمور أسفل المياه، ترأت له فتحة في الجدار الطيني الذي يطمس مدخل الكهف صنعها أحداهم فعبرها في لهفة وسرعة وهو يشعر بإنتعاش في قوته الجسدية بعد أن تخلل الماء العذب عروقه وبعد لحظات شعر بإنحسار الماء وإقتراب الأرض من قدميه وهو يسبح حتى إستطاع الوقوف بعد قليل بقدميه ورويدا رويدا برزت رأسه من الماء ليرى تجويفاً صخرياًصغيرا نسبياً جافاًتماماً رغم أنه أسفل الماء بعشرات الأمتار وفي منتصف الأرض الجافة وقف الملازمطارق وقد تحول إلى هيئة مريعة من الهزال والجفاف حتى تشقق جلده وأسود تتحرك فوقه العروق الزرقاء قوية غليظة مسيطرة يقطر الماء من زيه الرسمي وتلوح في عينيه نظرة متوحشة لو رأه الأن أقرب الناس إليه لأنكره واستعاذ بالله منه على الفور.

خرج المخلوق شبه الأدمي من الماء وتخلى عن هيئته ليستعيد هيئته الأولى فصار اقرب إلى الإنسان برغم الفروع التي تبرز من جسده وتحيط جمجمته التي تجمعت بعض أوراقهاعلى صناعة وجها اقرب ما يكون إلى البشر عليها وخرجت أطرافه كأذرع الأخطبوط تتموج من حوله وزئر في غضب هادر بصوت رهيب كفيل بزعزعة شجاعة أقوى الرجال ولكن الملازم طارق لم يهتز بل

إلتفت إليه وأجاب صرخته ولمعة التوحش تزداد في عينيه وكأنما فهم زئيره الوحشي وقال :

- أنا قدركم أنا أبن أرض الجان لا تنبت بذرتي إلا فيهاجلبني أسيادي إلى أرضكم لأدمر ذريتكم وأهلك نسلكم وأمحق ذكركم أنا الطفيل الذي يستعمر أجسادكم فأكلكم من الداخل وادفعكم فيقتل بعضكم بعضا أنا نبتة الشيطان أنا مدمركم أنا شيطان عالمكم.

نطق كلمته الأخيرة وهو يصرخ بها قبل أن يقهقه في جنون كان من الواضح أن الملازمطارق لم يعد له وجود في هذا الجسد فقد أستولى عليه الطفيل بالكامل.

اقترب الملازم طارق في ترقب وهو يستطرد في حذر :

- لقد دمرت أخر معاقلكم أتعلم ما هذا المكان أعلم كل شيء عن ذاكرتكم المتوارثة ولكن لا أظن أنك تعلم أين أنت، هذا منشئكم الأول ليس الكهف بل ضفاف النيل هنا منبتكم ومن هنا طردناكم وطاردناكم إلى أصقاع الأرض حتى قضينا على جنسكم كما قضينا على أجناسا كثيرة أما هذا الكهف..

وتطلع حوله في إزدراء مستطردا :

- فهو المكان الذي إختاره ملوككم لحفظ نسلهم، نسلهم الذي صمم ليبقى فيستدعي افرادكم كالنحل الشغالة لتحطوهم برعياتكم وتزرعوهم في الارض لينبتوا وينموا حتى يأتي الوقت فيحكموكم من جديد، عبيد، أنتم عبيد ليس إلا، خلقتم لتُقهروا، لتموتوا، فما الفارق إن قهرتكم أنا أو قهركم

أسيادكم، ولكن بدون أسيادكم أنتم تموتون، تتفرقون وتفتكون ببعضكم كالوحوش الضارية.

ضحك في إستخفاف وقال :

- الطريف أن نداءهم لك يا أخر النحل الشغالة دلني على مكانهم، وكأنهم يستدعون الموت والحياة معاً ولقد لبيت طلبهم فقضيت عليهم جميعاً.

ثم ضم قبضته وهو يهجم على المخلوق البائس الذي أخذ يتلفت حوله في حيرة ويأس ففاجأته الهجمة رغم توقعها إلا أن غريزة الحياة بداخله حركت ردود أفعاله فلطمت فروعه العديدة الجسد البالي للملازم طارق فألقته بجوار أحد جدران الكهف وعاد المخلوق يتطلع حوله في تجاهل لطارق الملقى على الصخور.

كانت بذور ضخمة أكبر من الحجم الذي نعرفه عن أكبر بذرة أقرب إلى بيض النعام مسحوقة في كل مكان داخل حطام بلورات كان مخصصة لحفظها كل هذه الأعوام الطوال.

حفظت بذور ملوكه وقومه في بلورات نقيه طبيعية ألاف الأعوام حتى اتى هذا الكيان ليدمر سنوات الإنتظار ليدمر الأمل الباقي ليدمر المهمة الأخيرة ليدمر ما بقى من كيانه، عدوا قديم قدم الأزل لم يعمل له حساب، ولم يعلم بوجوده من قبل، ويالها من نهاية يالها من لوعة وياله من فقد.

أنحنى في ألم يلتقط البقايا المسحوقة غير عابيء بالملازم طارق أو بالكيان الذي يسكنه والذي نهض في زاوية بصره وتطلع إلى البقايا في ألم، هنا ينتهي كل شيء هنا النهاية لقد حدد الله من يرث الأرض منذ ألاف الأعوام ولم

تكن لديه فرصة ليعارض الخالق في قضائه، ومن ذا الذي يعارض مشيئته.

إقترب منه الملازم طارق وقد إلتقط صخرة كبيرة وقبل أن يضربه بها إلتفت إليه المخلوق قائلاً بصيحاته التي يفهمها الكيان القاطن بجسد طارق:

- هل تظن أن لديك القوة على مواجهتي؟ أنا لست بذوراً لاتقوى على الدفاع عن نفسها أنت نبتة شيطانية خبيثة تتسلل إلى الأجساد والعقول فتدفع الكائنات لقتل بعضها ولكنك ضعيف ككيد الشيطان لا تقوى على مواجهتي لقد أخطأت في إختيار جسدك الأخير وأخطأت في تعريفي وفهمي فأنا لست أبنا أو من بقايا هؤلاء الأقوام فحسب بل أنا هجينا بينهم أن أقوى منهم جميعاً وأقوى منك.

وغرس جذوره في الأرض التي تفتت تحت قوتها وتضخم جسده وفروعه وأغصانه تنمو وتغلظ وتتشكل في سرعة حتى ملأفراغ الكهف دافعاً أمامه الملازمطارق الذي تراجع في فزع وقد سقطت الصخرة من يده والمخلوق يصرخ فيه:

- أنت ضعيف، أنت واهن، أتختبيء في جسد إنسان؟ هل هذا أقوى ما لديك؟ ألاتعلم أن عند عودتنا كنا سنفنيهم كمستعمرة من النمل تحت أقدامنا؟ لقد دمرت كل شيء وأن لم أستطع أعادة قومي إلى الحياة فلسوف أنتقم لهم سوف أنتقم.

كانت صيحاته ترج الكهف والملازم طارق يتراجع أمام ضخامته الجديدة المفاجأة حتى خاض في الماء إلى وسطه فأندفع يغوص في المياه هاربا ولكن أحد الأزرع

الأخطبوطية الكثيرة أحاطت بساقيه ورفعته في الهواء قبل أن تضرب به حوائط الكهف مرات ومرات في قوة وتلقيه أرضا كخرقة بالية محطم العظام يئن في ألم لم يشعر به في حياته الطويلة.

إنحنى الجذع وإقترب الهجين برأسه من وجه الملازم طارق وهو يقول:

- الأن سأفنيك لتعود إلى الجحيم حيث منشأك ومنتهاك.

وفي لحظة خاطفة غرس أحد أغصانه بقوة في صدر الجسد المسجى أمامه فأنتفض إنتفاضة أخيرة حدق فيها في وجه الهجين في ألم قبل أن ترتخي أطرافه وينهار جسده فنزع الهجين غصنه وفروعه الجديدة تتساقط من حوله يابسة مضمحله ليستعيد حجمه الأصلي وهو ينظر بتقزز إلى الملازمطارق.

جمع الهجين بعض بقايا البذور المسحوقة في بلورة مكسورة وأنهار أرضا في يأس يفكر فيما سيفعل الأن؟

لم تفشل المهمة تماما لقد بقي هو.. هو الأخير.. هو لا يحتاج أحدا ليكون بذرته الأولى..سيستعيد أمجاد الماضي.. لا بل سينشيء جنساً جديداً تماماً على شاكلته.. جنسا جاء ليسود.. ليحطم كل من يقف في طريق إستعادة الأرض.

حانت منه التفاتة إلى الجسد الهامد للملازمطارق، هناك شيئا قد تغير، لا لم يتحرك الجسد لقد مات الإنسان وتأكد هو من ذلك بنفسه، ولكن جلده !! لقد إختفت العروق الغليظة التي كانت تغطيه، هل ماتت مع الجسد الفاني نبتة الشيطان، هل عادت إلى الجحيم حيث تنتمي، هل...

وفجأة لمعت الفكرة في رأسه وأضاء عقله بنور الفهم وهو يرفع زوائده الشجرية وخاصة التي طعن بها صدر الملازم منذ لحظات، وكانت العروق هناك...

عروق زرقاء خافتة تشق طريقها فوق سطحه تنمو وتنتشر أمام ناظريه بسرعة حاول التخلص من الفرع الملوث ولكنه الطفيل سيطر على الفرع المصاب فلم يعد يستجيب لأوامره وكرد فعل تلقائي نمت فروعه وأستطالت مبتعدة عن الغزو القادم للطفيل وهو يحتل رقعة جديدة في كل لحظة حتى عاد إلى حجمه العملاق والطفيل ينتشر من غصن لغصن وفجأة صرخ الهجين في يأس طاغي ولكن أحدا لم يبقى ليفهم صرخته الأخيرة ليمد احد أغصانه الحرة ويغرسه عميقا في جمجمته الخشبية منهيا حياته بنفسه.

لقد إنتصرت نبتة الشيطان.

أنتصرت وفنت في نفس اللحظة فبموت الهجين إنحلت أوصالها وذبلت دون أن تجد من تنتقل إليه في حيت أرتخت الأغصان والفروع بعد عناء النمو السريع وتفتحت بين اوراقها زهرة ضخمة ما لبثت أن ذبلت بدورها واضعة النهاية للحلم الجميل.

حلم عودة الأرض.

وإستعادة العشيرة.

وانتهت المهمة.

وأنهار جسد الهجين

أمام مشيئة الله

*****

أحاط سعيد مريم بذراعيه وهي تهتز كورقة الشجر وتبكي في حرارة كانت الضمادات تحيط برأسه والصداع يكتنفه وقد شعر أن أعواما طوال مرت عليه منذ التقى بتلك اللعنة الصغيرة في أتوبيس الرحلات ولكنه تماسك وهو يمسح على رأس مريم قائلا:

- هيه لقد أنتهى كل شيء أنتِ بين ذراعي الأن لن يمسك أحد بأذى وانتِ معي أهدئي يا صغيرتي انتهى كل شيء أنتِ بخير الأن.

رفعت عينين ذابلتين محمرتين من كثرة البكاء كان شكلها قد تبدل كثيرا في الساعات السابقة من الإرهاق والبكاء والسهر ولكنها ظلت في عينيه أجمل من رأى.

تحسس وجنتيها في رفق فقالت وهي تمسك كفه بكفها مانعة إياه من المواصلة :

- ولكن أنا من أذيتك يا سعيد كيف أسامح نفسي على ذلك حتى ولو سامحتني أنت فلن أغفر لنفسي هذا أبدا أبدا.

ضحك سعيد محاولاً تلطيف الجو وقال:

- حسنا أنتي الأن تستبقين عقابك على هذه الفعلة، ولكن أنا حقا سامحتك لقد كانت طعنة غادرة ولكنك لم تكوني في وعيك، وانا أعي ذلك تماما منذ اللحظة الأولى، لنضع كل هذا خلف ظهورنا ولنمض في حياتنا ويوماً ما سنتذكر كل هذا ونضحك على ما حدث.

*****

إقترب منهما السيد رائف وهو يقول:

- لقد عاد الرجال لم يعثروا على أي شيء بالأعماق ولكننا سنحيط البحيرة بنطاق محكم حرصاً على ألا يفاجئنا شيئاً جديداً لقد إكتملت الأحداث الأن ويبدوا أننا كنا نطارد طرفي نقيض ولو كانت الكفة متوازنة فلابد أن كلاً منهما قتل الأخر الأن لقد وصلني منذ دقائق ملخص لإعترفات ليليان يبدوا أنها عرضت أفشاء الأسرار كلها في مقابل أن تعالجها الدولة المصرية ولكن لا أظن أن وقتها يسمح بهذا سنستفيد مما ترويه لتجنب الكوارث القادمة لو ظهر الخطر مرة أخرى ولكن أظن أن هذه القضية قد إنتهت حان الوقت لتعودوا إلى منازلكم الأن.

إقترب د. حاتم في توتر وهو يقول:

- وماذا إذا لم يكن قد مات المخلوق وماذا إذا نجا الملازم طارق ماذا لو كانت مياه الترعة ملوثة الأن وأنتقل إلى مزروعاتنا ومحاصيلنا ومن ثم إلى أجسادنا ماذا سنفعل عندئذاً.

كانت أطراف القصة وخيوطها قد إجتمعت في يد السيد رائف بعد أن مر بالكمين في طريقه إلى هنا وسمع أقوال المسعف ومن بعده أقوال مريم وليليان مما جعل الرؤيه واضحة أمام عينيه وكان مدركاً بالفعل للخطر القائم فأمسك بكتف د. حاتم وهو يشير إلى رجال الفرقة المتخصصة في مكافحة الحرب البيلوجية وهم يتحركون في ثيابهم التي تشبه رجال الفضاء بين رجال من الشرطة والمخابرات العامة قائلا:

- وماذا تظن هؤلاء الرجال يفعلون لا تقلق سيتم فرض حظر صحي على البحيرة والمنطقة كلها وسيتم فحص كل قطرة ماء وكل ورقة شجر وسيتم تمشيط البحيرة بعناية، نحن نعلم تماما حجم الخطر ولن نهدأ حتى نتأكد تماماً من زواله.

نظر إلى السماء وقال:

- ها قد أظلمت السماء على أخر فصول هذه القصة ولم يعد بإمكانكم تقديم المزيد ارجوكم العودة لمنازلكم لقد إنتهى دوركم هنا ستتقدمكم إحدى سيارتنا وللإطمئنان عليكم سيتم إدخال السيدة مريم إحدى المستشفيات للتأكد من سلامتها وربما فحص السيد سعيد أيضا ولكن أظن أن كل شيء سيكون بخير لقد قدمتم الكثير و مصر كلها تشكر لكم صنيعكم وحان الوقت لتستريحوا وتتركوا الأمر بين أيدي السلطات.

وأبتعد في خطوات سريعة وأقتربت أحد سيارت الشرطة لتتقدم سيارتهم في طريق العودة.

لقد إنتهى الكابوس وأستتب الأمر.

وعد الله أني جاعلا في الأرض خليفة.

وما كان لمخلوق أن يغير من أمره شيئا.

*****

أسفل ٢٠ مترا من الجليد، وفي طقس شديد البرودة، بداخل أحد كهوف القارة القطبية الجنوبية أنتارتيكا، وقف الادميرال أوليفر بيري في ملابس تختلف كثيرا عن زيه العسكري الذي قلما ظهر بغيره، معطفه الواسع من الفراء

ونظارته التي تقيه وهج الجليد وقلنصوته الصوفية التي أخفت صلعته وأن كانت غيرت مظهره تماما واخيرا حقيبته.

حقيبته التي كانت تحوي كنزه الثمين.

وهذا الكنز ليس إلا مفكرة صغيرة وبعض الأوراق البحثية وإسطوانتي كمبيوتر تحوي صوراً وأبحاث لأحد البعثات المختلطة في القارة القطبية الجنوبية وجدها في حقيبة صديقة وليم شيبرد الذي مات في أحد مراكز البحوث في بلده الأم.

أخرج المفكرة الصغيرة وتطلع فيها قليلا قبل أن يرفع عينيه للجدار الجليدي الهائل الذي يرتفع أمام ناظريه قاطعا إمتداد الكهف.

أعاد المفكرة إلى الحقيبة وتقدم عابرا فجوة في أحد أركان الجدار بعزم وتصميم.

ترى ماذا سيجد بالداخل.

كنا نتمنى متابعة رحلته الغامضة ولكن ...

هذه قصة أخرى ...

******تمت******